文
景

Horizon

社科新知 文艺新潮

缓慢的归乡

[奥地利] 彼得·汉德克 著

韩瑞祥　主编

周新建　梁锡江　译

上海人民出版社

编者前言

彼得·汉德克（Peter Handke，1942—　）被奉为奥地利当代最优秀的作家，也是当今德语乃至世界文坛始终关注的焦点之一。汉德克的一生可以说是天马行空独来独往，像许多著名作家一样，他以独具风格的创作在文坛上引起了持久的争论，更确立了令人仰慕的地位。从1966年成名开始，汉德克为德语文学创造出了一个又一个奇迹，因此获得过多项文学大奖，如“霍普特曼奖”（1967年）、“毕希纳奖”（1973年）、“海涅奖”（2007年）、“托马斯·曼奖”（2008年）、“卡夫卡奖”（2009年）、“拉扎尔国王金质十字勋章”（塞尔维亚文学勋章，2009年）等。他的作品已经被译介到世界许多国家，为当代德语文学赢来了举世瞩目的声望。

汉德克出生在奥地利克恩滕州格里芬一个铁路职员家庭。他孩童时代随父母在柏林（1944—1948）的经历，青年时期在克恩滕乡间的生活都渗透进他具有自传色彩的作品里。1961年，汉德克入格拉茨大学读法律，开始参加“城市公园论坛”的文学活动，成为“格拉茨文学社”的一员。他的第一部小说《大黄蜂》（1966）的问世促使他弃学专事文学创作。1966年，汉德克发表了使他一举成名的剧本《骂观众》，在德语文坛引起空前的轰动，从此也使“格拉茨文学社”名声大振。《骂观众》是汉德克对传统戏剧的公开挑战，也典型地体现了20世纪60年代前期“格拉茨文学社”在文学创造上的共同追求。

就在《骂观众》发表之前不久，汉德克已经在“四七社”文学年会上展露锋芒，他以初生牛犊不怕虎的精神严厉地批评了当代文学墨守于传统描写的软弱无能。在他纲领性的杂文（《文学是浪漫的》，1966；《我是一个住在象牙塔里的人》，1967）中，汉德克旗帜鲜明地阐述了自己的艺术观点：文学对他来说，是不断明白自我的手段；他期待文学作品要表现还没有被意识到的现实，破除一成不变的价值模式，认为追求现实主义的描写文学对此则无能为力。与此同时，他坚持文学艺术的独立性，反对文学作品直接服务于政治目的。这个时期的主要作品有剧作《自我控诉》（1966）、《预言》（1966）、《卡斯帕》（1968），诗集《内部世界之外部世界之内部世界》（1969）等。

进入70年代后，汉德克在“格拉茨文学社”中的创作率先从语言游戏及语言批判转向寻求自我的“新主体性”文学。标志着这个阶段的小说《守门员面对罚点球时的焦虑》(1970)、《无欲的悲歌》(1972)、《短信长别》(1972)、《真实感受的时刻》(1975)、《左撇子女人》(1976)分别从不同的角度，试图在表现真实的人生经历中寻找自我，借以摆脱现实生存的困惑。《无欲的悲歌》开辟了70年代“格拉茨文学社”从抽象的语言尝试到自传性文学倾向的先河。这部小说是德语文坛70年代新主体性文学的巅峰之作，产生了十分广泛的影响。

1979年，汉德克在巴黎居住了几年之后回到奥地利，在萨尔茨堡过起了离群索居的生活。他这个时期创作的四部曲《缓慢的归乡》(《缓慢的归乡》，1979；《圣山启示录》，1980；《孩子的故事》，1981；《关于乡村》，1981）虽然在叙述风格上发生了很大的变化，但生存空间的缺失和寻找自我依然是其表现的主题；主体与世界的冲突构成了叙述的核心，因为对汉德克来说，现实世界不过是一个虚伪的名称，丑恶、僵化、陌生。他厌倦这个世界，试图通过艺术的手段实现自我构想的完美世界。

从80年代开始，汉德克似乎日益陷入封闭的自我世界里，面对社会生存现实的困惑，他寻求在艺术世界里感受永恒与和谐，在文化寻根中哀悼传统价值的缺失。他先后写了《铅笔的故事》（1982）、《痛苦的中国人》（1983）、《去往第九帝国》（1986）、《一个作家的下午》（1987）、《试论疲倦》（1989）、《试论成功的日子》（1990）等。但汉德克不是一个陶醉在象牙塔里的作家，他的创作是当代文学困惑的自然表现：世界的无所适从，价值体系的崩溃和叙述危机使文学表现陷入困境。汉德克封闭式的内省实际上也是对现实生存的深切反思。

进入90年代后，汉德克定居在巴黎附近的乡村里。从这个时期起，苏联的解体，东欧的动荡，南斯拉夫战争也把这位作家及其文学创作推到了风口浪尖之上。从《梦幻者告别第九王国》（1991）开始，汉德克的作品（《形同陌路的时刻》，1992；《我在无人湾的岁月》，1994；《筹划生命的永恒》，1997；《图像消失》，2002；《迷路者的踪迹》，2007等）中到处都潜藏着战争的现实、人性的灾难。1996年，汉德克发表了游记《多瑙河、萨瓦河、摩拉瓦河和德里纳河冬日之行或给予塞尔维亚的正义》批评媒体语言和信息政治，因此成为众矢之的。汉德克对此不屑一顾、一意孤行。1999年，在北约空袭的日子里，他两次穿越塞尔维亚和科索沃旅行。同年，他的南斯拉夫题材戏剧《独木舟之行或者关于战争电影的戏剧》在维也纳皇家剧院首演。

为了抗议德国军队轰炸这两个国家和地区，汉德克退回了1973年颁发给他的毕希纳奖。2006年3月18日，汉德克参加了前南联盟总统米洛舍维奇的葬礼，媒体群起而攻之，他的剧作演出因此在欧洲一些国家被取消，杜塞尔多夫市政府拒绝支付授予他的海涅奖奖金。然而，作为一个有良知的作家，汉德克无视这一切，依然我行我素，坚定地把自己的文学创作看成是对人性的呼唤，对战争的控诉，对以恶惩恶以牙还牙的非人道毁灭方式的反思："我在观察。我在理解。我在感受。我在回忆。我在质问。"他因此而成为"这个所谓的世界"的另类。

世纪文景将陆续推出九卷本《汉德克文集》，意在让我国读者来共同了解和认识这位独具风格和人格魅力的奥地利作家。《缓慢的归乡》卷收录了汉德克称之为"同名四部曲"的前两部，即小说《缓慢的归乡》和《圣山启示录》。70年代末，汉德克经历了人生中短暂而近乎绝望的生存与写作危机，陷入了为"生存下去！"而苦苦思索的迷惘中。他连续数月遭受着对自我要求、对生存世界过分的批评以及孤傲不群的折磨，沉浮在再也无法写作和"再也没有资格言说"的恐惧中。为了能够生存下去，汉德克竭力寻求一种新的语言，借以表达主体与世界的依存关系："永远不再孤傲不群：也就是说，通过写作与他人心灵交流，永远；为他们写作，为他们创造艺术图像。"（汉德克）《缓慢的归乡》四部曲正是汉德克这段心灵煎熬和渴望变化时期的产物，也标志着他的创作风格的转变。四部曲虽然在主题上承继了70年代中期的小说创作，但汉德克越来越远离之前那带有神秘色彩的生存感受，日益趋向于通过叙事来调解主体与世界的关系，从而使形式与内容、时间与空间、历史与现实及自然与艺术之间形成不可或缺充满张力的联系。

同名小说《缓慢的归乡》是四部曲的第一部，也奠定了汉德克这个时期文学创作的基调。可以说，"归乡"是汉德克努力克服危机的必然归宿。小说描写的是地质学家瓦伦丁·索尔格在苦苦思索"缓慢归乡"中的心路历程。它在结构上分为三章，各章都有一个标题。表面上看，它们似乎扑朔迷离，可叙事的内在却使之丝丝入扣，形成了一条时隐时现此起彼伏的"归乡"主线。这也是汉德克一贯采取的叙事结构手段。

小说主人公索尔格是中欧人，几年来一直在加利福尼亚一所大学工作。小说一开始，映入读者眼帘的就是一个孤傲不群的形象。索尔格身在几乎与世隔绝的阿拉斯加腹地孤独地从事着他所钟爱的地质研究。他感受着大自然，融合在大自然中。而与此同时，一种寻求“拯救”的欲望袭上他的心头：拯救心灵上的裂痕，结束与世对立的孤独，自我与世界重新合一。他徘徊在厌世与充满幸福的幻想之间，渴望实现某种持续的平衡。在他那奉若神明的工作中，索尔格预感到了那梦寐以求的东西：在沉思中，他作为自然观察者所获取的空间显现为生存意义的承载者，也成为“向别人敞开心扉的神圣之物”；他对自然界的形式和规律的探究赋予他一种“全然当下”的时间尺度。索尔格感受到自己无足轻重的生存就是自我丧失，于是他下定决心将自己置于历史的责任中。小说第二章，索尔格从阿拉斯加回到任教的大学，要撰写那酝酿已久的科学论文《论空间》。这部所谓的地质学研究著作实际上是索尔格试图克服危机的写照。他要远离“厌恶与分离的痛苦”，实现自我与世界的和解。伴随着地质观察和研究的进程，他的自我感受越来越激化。一方面他竭力去寻求空间的“主导形式”，另一方面他又一再感受到空间的丧失：他“不是孤独地生存在这个世界上，而是没有世界的孤独”。索尔格又一次陷入心灰意冷的生存深渊而无力自拔。然而，当他在加利福尼亚踏进那个邻居家的门槛时，顿时觉得走出了那令他极度沮丧的深渊，又回到生活的怀抱里。他视邻居为“神圣的他者”，因为在这个温馨的邻居家里，精神上几乎被击垮的索尔格又振作起来了，在对归属和群体的渴望中确立了自我的地位，认识到了“我”与世界的关联。“归乡”便自然而然地成为他心灵上的“拯救”：“您听听吧。我不想走向毁灭。在这遭受巨大丧失的时刻，我有了归乡的反射，不仅回归到一个国家，回归到某个地方，而是回归那个生我养我的地方。”索尔格最后决意要回到欧洲去，回到自己孩子身边。到了第三章，索尔格开始了他回归生存的“归乡”之路。归乡在这里不仅是心灵的反射，而且也是小说慢慢展开的叙事对象。在主人公的心里，渴望拯救的力量不可阻挡地要把“他这个个体与世界整体永远维系在一起”。在飞往纽约的飞机上，他决心赋予自己一个负有责任的“个人法则”。当他徜徉在纽约这座世界都市的人群里时，时间与空间在他眼前豁然开朗，“他有了言语，时间成了光明”。自我与世界交织，外部世界与内心世界交融。索尔格感受到自己的“历史性时刻：我在学习……历史不仅是像我这样的人只会横加指责的邪恶的序列，而且自古以来也是一个每个人（也包括我）可以继续和促成和解的形式”。

小说《圣山启示录》是汉德克漫长而曲折的“归乡”之路的继续。当《缓慢的归乡》中的索尔格降落在乡土上时，《圣山启示录》中返回欧洲的叙述者“我”便开始了探寻新的写作之旅。后者虽然在叙事方式上不同，但却进一步演绎了前者所表现的主题，读起来似乎或多或少是对前者的评述，审美与诗学问题构成了叙事的核心。这部所谓的随笔小说以夹叙夹议叙议相佐的方式融自我经历、自然描写、对哲学家和艺术家的议论、对油画的思考和引言于一体，从而在潜移默化的交织中给读者展现了一幅诗学宣言的图像。

《圣山启示录》描写的是叙述者“我”两次前往普罗旺斯圣维克多山追寻法国印象派画家塞尚油画创作的源泉之行。踏着这位“当今时代人类大师”的足迹，“我”观察和感受着圣维克多山无比奇妙的神韵，又漫游在巴黎、柏林和萨尔茨堡的圣山神水间。在与形式万象色彩斑斓的大自然的亲密接触和同时对塞尚绘画世界在精神和艺术上的领悟及思考中，“我”情不自禁地生发出超越自我的审美追求；塞尚贴近大自然的艺术表现成为“我”倾慕和效仿的楷模：“我不应该‘虚构’，而应该‘写实’。”“我”在这里坚持不懈地追寻就是要经历和感受一个通过自己而变得和谐的现实，就像画家塞尚的绘画充满了一种调节对立的力量一样，“我”也必须创造出“与大自然平行的艺术结构与和谐”。在两次与圣维克多山和塞尚绘画的心灵交汇中，叙述者把创作自己的诗学看成是圣维克多山的“启示”。对他来说，“写作的权利”是建立在自我与世界、自我与事物关联或者亲缘关系的基础上；作家的意图就是“采用一种促成真实的形式，再现这样的关联”。小说结尾一章借助对萨尔茨堡附近的莫兹格森林的描写展现了一个和谐的空间。在这个空间里，“我”通过对大自然与文明造物的观察和描写使得一切现象达到了一个更高层面的和谐；“大森林”的图像就是叙述者在经历了启示之旅后的艺术情怀的镜像：“那么真实的东西就是那所实现的形式；它不是对历史交替中那逝去的东西的控诉，而再现的是一种和谐中的存在。”

继这两部小说之后，汉德克又接连发表了在主题和认知方面与之紧密相连的小说《孩子的故事》和诗剧《关于乡村》，并统称为《缓慢的归乡》四部曲。从整体上来看，四部曲无疑既是汉德克与危机抗争中寻求“拯救”的结晶，同样也标志着他的审美意识进入了一个新阶段，他的文学创作又迎来了一个高潮。

我们选编出版汉德克的作品，意在能够不断地给读者带来另一番阅读的感受和愉悦，并从中有所受益。但由于我们水平有限，选编和翻译疏漏难免，敬请批评指正。

韩瑞祥

2013 年 7 月

目 录

缓慢的归乡

周新建　译

“后来，当我头朝前从那条小路跌跌撞撞走下来时，突然出现了一种形态……”

1 史前形态

索尔格比一些曾与他走得很近的人都活得长久，他心中不再有任何向往，不过却常常体验到一种无我的生存之趣，而且时不时还感受到一种对福祉的需求，这是一种已经动物化的需求，它压迫着一双眼睑。他一方面能够保持一种沉静的和谐——一种作为欢快的力量也感染他人的和谐，但另一方面也极易被那些威力强大的事实所伤。他熟谙这种失落，意欲肩负起责任，一心一意寻觅着种种形态，寻求区别它们，力求描述它们，其间他想越出作为他的职业活动场所（“在旷野”，“在某地带”）。这些活动常常折磨着他，但随后又给他带来欢愉，运气好时也给他以成就感。

在遥远的另一块大陆的高纬度地区，在一个主要由印第安人构成的聚居地边缘，坐落着一栋刷成浅灰色的三角山墙木头房子。几个月来，这栋房子既是索尔格和他的同事劳费尔的工作室，同时又是他们的住所。在这栋房子里忙完一天之后，索尔格给那些交替使用过的显微镜和望远镜套好护罩，穿过户外由落日余晖映照的一个通道似的空间，犹如穿过一条下班后必经的长廊，向“他自己的”河岸走去。那余晖映照的空间中飘浮着白絮状灌木杨种子。由于工作时常得变换目光，他的脸还歪歪斜斜的。

广阔的河面从河岸的黏土岸边铺展开来——其实他或许可以从河岸上跳下去。这条河漫延向整个地平线，消失在天际之上，不见一丝人类踪迹而闪烁着亮光。它自东向西奔涌过这片陆地，同时又不停地流经那些稀疏分布而实际上并没有人住的居民点，转而折向南或北。由于季节性干旱和冰川停止融化，在索尔格脚下，河水已退到一片宽阔的鹅卵石和砾石河床后面，退到一面湿乎乎的土坡后面，涌着又宽又缓的水波拍打着陆地。

这里的河面看上去犹如一片静止的水域还有一个原因：它是从四面八方延伸向地平线。然而作为这条河流蜿蜒曲折造成的一个现象，构成地平线的不是由东而西奔涌的河水，而是陆地，是那里弯弯曲曲的河岸。河岸上生长着灌木杨或低矮的原始针叶林。那些针叶林本身长得很稀疏，然而远远望过去却像紧密排列在一起的锯齿。

放眼天际，为这片虚假之湖标出边界的只是那些看上去平平坦坦的狭长地带。河流中的水自然是在奔涌着，但却让人察觉不出，除了波浪拍打泥滩时发出的类似浴缸中水波的哗啦声外，它无声无息，而且几乎没有一处不是平平稳稳，就如同一个充溢着整个低地的异体，被落日映照的天空染得泛着黄色，乍一看根本不会将其感受为湿润之物，其间散落着一些在昏暗的暮色中已经没有凸凹感的小岛和沙洲。只有在那些隐没在河床的细沙和砾石床底的坑沟、凹陷和洞穴上方的水面上，才会现出一个个旋涡，而其余的地方看上去犹如一个坚实的金黄色庞大物体。在那些呈漏斗形就地急速旋转的地方，河水呈现的不是黄色，而是那种相距较远的白昼的天蓝色，因为它们与平稳奔涌的河水不同，和天空构成的倾斜度更大。其他地方的水流几乎都在毫无声息地奔涌着，而那蓝色的内部却传出小溪似的潺潺声。

索尔格觉得，由于这几个月的观察，在（大致）了解了其形态及产生过程之后，他眼前的这片荒野已经全然成为他个人的空间。他为这种想法感到欢欣鼓舞。参与营造这些形态的各种力量历历显现在他的眼前。他并非只是竭尽全力通过想象才寻得了它们，而是在纯粹的感受过程中感知到它们，同时也凭借着对这条大河、河流的奔涌、河流的旋涡和流速的把握。通过其自身的法则，这些力量看上去已变成一种良性的内部力量，它们使他精神振奋，给他以慰藉，而它们在外部世界可能曾具有破坏性（这种破坏可能还将永远继续下去）。他坚信自己的科学，因为它能帮助他感受到自己某个时刻身在何地。你此时此刻正好站在一条平坦河岸的河堤之上，而在几公里以外，因为一个个小岛横在河间而几乎看不见的对面河岸实际上却有些陡峭，这种奇特的不对称可以归因于地球旋转的挤压力，而意识到这些并未令人心生恐惧，反倒更让人领悟到人类居住的这个星球已一目了然地文明化和家园化，这使得他的头脑具有了游戏的特性，使得他的身体敏捷灵巧。

同属此类的也还有这样的瞬时想象：在灌木杨种子漂过这一区域的同时，那些鹅卵石正隐匿在河床上漂滑而去，或翻转滚挪，甚或腾身跃出缓缓的弧线，裹在浓云似的泥浆之中，被欢舞的自然水流挟着继续前行。在静静的水面下，深处的这种逆向翻滚情形不是他推想出来的，而是能够凭借感官去经历：无论身在何地，索尔格总是想方设法搞明白这种奇特而细小的过程，它们有时能让他得到惬意的消遣，随后又令他十分激动，完全令他着迷。

几年来——自从几乎总是一个人生活以来，他极其需要准确感知自己每时每刻所在之处：判定各种距离；确定倾斜的角度；推定每时每刻自己脚踏之地的岩土材料和地层情况，至少要达到地下相当的深度；通过测量和划定界线首先为自己造出一个个空间，作为“纯粹的纸上形态”，借助这些形态，他甚至也拼合自己（至少是短时间的），让自己不受到伤害。

索尔格也利用大自然，然而并不是将其仅仅作为“自然”存在而加以利用，要满足他的需求要以另一些形态，比如说，辨明任意一个大城市里那些几乎察觉不出的低凹和隆起——即使它们覆盖着沥青，分清石子路面轻微的下陷或凸起，看清因几百年间的踩踏而破损的教堂地面和石台阶；或在一个起初还陌生的高层建筑里从顶楼垂直向下经过所有的楼层一直遐想到底层，以这种形态做一次白日梦中神游，例如去感受一下那里的花岗岩基座——方位和生命所必需的呼吸空间（与此关联的还有自信心）都一致得出另外的结果。

他具有一种能力（此种能力当然不是持续性的，而是间或性的和偶然的，正是他的职业活动才使得这种偶然成为可能，并使其具有略微的持续性），能在紧急情况下呼唤那些曾因自己的工作而熟悉的世界空间来帮忙——或者仅仅为了供自己和他人消遣而唤来它们。这些空间标着所有的界线，标有光照和风的情况，标有经纬度，标有各个天体的位置，它们被当作人人共享而又不属于任何人的永远和谐的图像，是属于那些能够想象出的事件的图像。

每进入一个新环境，它展现给人第一眼的印象可能是单调得一目了然，也可能因为有对比而如诗如画，总之是具体而清晰的。然而待天真地以为熟识了空间的瞬间一过，随之而来的却总是感官钝化的惊异，怎么又一次面对着无遮无掩而且还是熟识的背景。这种惊异好似无可避免，扰乱他的平衡，而且因即使这里也“不是合适之地”的过失感而更加强烈：因此随着时间的推移，停留在户外，忍受着最初的空寂，通过观察、绘图和记录为自己赢回如此之快就又失去的一个个空间，这已成为索尔格的挚爱。长久以来，他在家里的任何地方都无法重新找回自我。也就是说，在那些地区将他贬黜为旅游者后无法关在屋子里重新找回自我，因而他将此时此地所在之处看成是自己唯一的希望：如若自己不以某种工作上的努力投身于这个地方（常常心中窝着恼怒），那就不会再有其他道路逃往自己过去的那些空间——在最好的情况下，在充满快意的疲惫中，他所有的空间，他新近征服的某个空间和从前的那些空间，组合成一个包覆天地的穹顶。这穹顶不仅是一个自我圣地，而且也为其他人敞开着大门。

大自然每一次都是匆匆地显露一下真容，随即又隐身避去，索尔格对此感到非常恼火。但在最初的气愤之后，他又必须以最大的干劲儿投入到它中间去，他不愿意迷失。对周围的环境，他必须认真仔细地看待每一个形态，不管它有多么微小——石头上的一条裂纹，泥土中的某种颜色变换，被风吹到一株植物前的沙粒，只有一个小孩才可能如此认真。这样一来，他这个几乎不属于任何地方、不在其他任何地方负有责任的人才能保持克制，无论为什么人也罢——而他只是在愤愤地自我克制中才偶尔能做到这一点。

那么又是为了何人而保持这样的克制呢？索尔格清楚地意识到，他努力从事自己的科学活动的同时，他也是在从事一种宗教式的活动：首先是他的工作使他具有不断地保持着各种关系的能力，让他具有选择权，一种双重意义的选择权：他可以进行选择，也可以被选择。由谁来选择呢？管他由谁来选择。他想要的只是可以选择。

他理解大地形态并不带有狂热，不过十分急切，以致他渐渐将自己也连带感受为一种特别形态。这种对大地形态的理解确实拯救了他的灵魂，因为它将他与那以赤裸裸的变化无常而咄咄逼人的无形态的大千世界分隔开来了。

那么其他人呢？在自己从事的职业中，索尔格从未干过一件对他人明显有益的工作，甚至从未干过一件或许能为某个群体服务的工作：他既未参与过一次石油钻井，也未能预报过一次地震，即便是仅仅作为责任人检测某个建筑项目地下土层的坚固度的工作也没有干过。然而他对“自己的实际情况”却很有把握：如若自己不努力承受每个地区给人的惊异，如若不努力用可供利用的种种方法解读地形地貌，并将解读的结果按照某种严格的规程交给别人，那他就不可能再有交际了，与任何人都不可能打交道。

他相信自己的科学，但绝对不把它等同于一种世界宗教，而是一贯严谨地从事自己的职业（“工作精细”是索尔格之所以胜过混乱无序、常常率性而为的劳费尔的原因所在），同时也是在练习对这个世界的信任。在这种时候，既用于技术工作也用于日常生活的严谨就是一种对深思苦想的不懈尝试。当然，这种尝试也只是让他偶尔威严地在诸如浴室、厨房或工具间之类的地方笨拙地走来走去。索尔格的信仰不针对任何东西，它起的作用（如果他能获得这种信仰）只是让他能够分享“它的对象”（一块穿透的石头，不过也有桌子上的一只鞋、显微镜上的一根线），并且赋予他这个时常受到压抑，而此时确实能够感受到自己是研究者的人以幽默：置于一种静静的震颤中，他便直接更加亲近地观察着自己的世界。

处在这种无我的时空中时（在那些怀有希望的瞬间，他将自己看成是愚者），索尔格丝毫也不神圣。他只知道什么是美与好，虽然短暂，但通过形式可以不朽。

或许他期盼着一种有什么具体对象的信仰，然而他在任何时候都不可能为自己想象出一位神。可是身处困境时，他察觉到，自己（仅仅是出于被迫？）总喜欢**即时**想象出一位神，而且简直就像在祈求。（有时候，他希望自己有一颗虔诚的心，这一点他从来没有做到过。不过随后他确信无疑，“众神”理解他。）

他羡慕那些从未中断过自己信仰的人吗？他羡慕已经得到拯救的芸芸信徒吗？至少他为他们的不温不火而感动；为他们能那么轻松地在严肃和欢快之间转来换去而感动；为他们坚定不移、积德行善、舒舒服服地回返外界而感动。他自己有时候一点都**不舒服**，而且他也不能容忍这样的事情：他太频繁地用堆砌词句的欢呼迎接某些东西，可随即又以默默的不满摒弃了它们——他本该用一个有重大意义的幽默一劳永逸地回答它们。

然而那些信徒不可能成为他的交往对象。他能听懂他们的话，但却无法用他们的语言参与交谈，因为他没有那种语言能力。或者说，即便他破例十分虔诚地用一张对他们来说十分陌生的嘴说话，那么，当他身在“他们那信仰的昏暗之夜”里时，当唇齿间语不成句时，他依旧处在不为他们所理解的状态之中。

而对索尔格来说，他的科学的习惯用语是可以不断地重新以一种快乐的晕眩出现的，他对此深信不疑。它们在理解地貌形态方面的礼仪，它们的各种描述和命名约定，它们对时间和空间的表述，都让他觉得心存疑问：一种在人类历史中形成的语言竟被用于思考地球各种无可比拟的其他运动及产物的历史，这种情形还一直产生着一种冲动式的肉体陶醉感。他常常觉得借助研究地点来思考时间简直就不可能。他猜想可能有一种完全不同的阐述地貌形态的时间过程模式，他觉得自己就像自古至今那些思想变革者一样狡黠而暗带微笑（在他们的所有照片中他都注意到这一点）；他觉得他在把自己的眩晕强加给这个世界。

在下班后的轻松愉快中，索尔格有如此浮想联翩的能力。此时面对着眼前这片黄色的荒野，他能够切身感受到这样一个人的那份孤独，此人不相信各种形态的力量，或因一无所知也就谈不上信与不信，如在梦魇中孤零零地面对着这样一片大地：难道这就是面对魔鬼时的那种惊恐，就是面对无可更改的世界终结时的惊恐。一旦处在那种终结状态之中，一个人绝对不会因孤单——在他之后再也没有任何存在——当场死去，因为那时既不存在地点也不存在处所——绝对不会被魔鬼掳走，因为就连这类名字也不复存在——只是面对惊恐处在永恒的消亡过程中，因为也不再有时间。这条河的平原和平原上方辽阔平展的天空骤然间成了一个张开的蚌壳的两个壳盖，伴随着一种急促而刺激的快感的战栗，带着可怕的诱惑力，壳盖间涌出自时间开始以来逝去的种种东西组成的涡流。

他的另外一个自我身在一个由黏土、泥灰岩、也许还有金粉组成的前沿上，承受着这种呼呼作响的、仿佛在不断变换着方向的空寂。这时，索尔格从遐想中挣脱出来，自觉不自觉地向身后已经文明化的腹地转过身去。在那里，到处都是铁链拴着的狗，那毛茸茸的浅色尾巴在灌木丛间摇来摆去；在印第安人小土屋的屋顶上，一簇簇刚刚吐出嫩芽的青草闪着光亮；那个“永远的他人”——此刻他看到自己的同事劳费尔就是这样——脚穿挂着泥巴的高筒靴，身穿有许多口袋的专用上衣，脖子上挂着一个闪闪发亮的放大镜，刚从野外作业点回来，正站在房前木楼梯最高一级台阶上，脸和上身还浸在阳光里，显露出回到一个纯粹作为居所的地方时最初的不知所措。起初发了一阵呆，同时还肆意模仿索尔格的姿势，像他那样望着广阔的河域，抽着一支香烟，同样紧板着脸，仿佛在扮演一个需要特别帮助的角色，扮演在某人身后排成一列的一模一样的人当中的一个。

劳费尔是这样一个朋友：与他的亲密关系不是体现在伙伴情分上，而是表现在有时几乎显得十分拘谨的礼貌上。

在他们这两个天天情绪都变化不定的人之间，似乎从来都不可能发生情绪的暴泄（有时候他们理应需要出现这种暴泄）。虽然他们只能共用这栋房子里的工作间，但妨碍对方的情况仅仅发生在最初那段日子里。即使在卧室里——这栋房子仅有这两个房间，每个人都有各自的地方，不过并不是刻意而为。他们也很自然地共同做一些事情，但看上去却像出自偶然，如果他们在某个时间一起做什么的话。每个人都只忙自己的事情，即便在屋子里，也是各走各的路。他们从不名副其实地一起吃饭，而是其中的一个过来与另一个正在吃饭的人一同吃，然后就会这样来邀请对方："和我一起喝杯酒好吗？"如果一个想听音乐，那么这个伙伴就不出去了，而是并没有明显的情投意合，也许渐渐地留心听起来——甚至希望再来一曲。

劳费尔是个说谎的人，而索尔格虽说极其安静且让人琢磨不透，但他依旧属于变化不定的人，甚至会突然间变得冷漠乃至不忠：两人都能默默地感受或熟悉对方的不善之处（甚至比事实上的当事人更为恐怖地预先感受到这种不善之处）。他们聪明地意识到，面对第三者时，他们尽可以一再当恶人，但相互之间从不如此，这些年里他们都为拥有对方而感到高兴：与这样的朋友在一起，每个人都觉得自己是善良之人，至少从未感到自己是恶人。

他们不是一对儿，甚至连对比分明的一对儿也谈不上。或者更确切地说，久而久之，加上距离的疏远，他们才成了伙伴儿——是慢慢习惯了角色，但并没有盟誓：其中一个的对头可能依然是另一个要好的熟人。

不过劳费尔这个说谎的人没有敌人。他好说谎话几乎只是偶尔被女性注意到，而且人数相当少。不过随后她们与他结成联盟，好像她们知道了一个不幸的秘密，比如一个关系到生死的秘密。在这种情况下，她们完全是为自己占有劳费尔，并将所有其他人都排除在自己的关系之外。

无论在什么地方，用不着讨好献殷勤，他都会立刻招人喜欢。即便他本人不在场，人们说到他时也只是直呼其名[1]而且并非在流行这种称谓的美洲大陆上才是如此。虽然他也遭骂，但每一次都是像人们偶尔也会贬损自己的英雄那样：恐怕大家任何时候都不会允许一个圈外人攻击他。他身体极其好动——如果强制自己默默坐在常常沉思默想的索尔格对面，他就显得像个木偶似的，只需看一眼，他就向人展示出自己是一个幸福的统一体，是一个不停移动的、人们都乐于参与其中的中心。这种展示靠的是他的笨拙，可这种笨拙不是彪形大汉式的笨拙，而是能给人带来

[1] 只称名不称姓表示关系密切。——中译注，下同

欢笑的笨拙，因此让人觉得十分亲切。他这个说谎的人具备一些让人信得过的地方：每一次再看见他时，人们都会觉得轻松，或者就是高兴，即便他只是短暂地在门口探一下头。

他撒谎自然不是因为自己，而是好像仅在回应需要他去充任中间人的期待时才说谎。这种期待从各个方面注视着他，是由所有的好心人——他只熟识这样的人——寄予的，也是不容他辜负的。不过时间一久，他就没有能力承担这种期待了。于是他就厚起脸皮、完全不顾道德原则地撒起谎来。真实的情况是，无论在哪里，劳费尔不用做什么，都会起着一个召集散兵的人的作用，因而他觉得自己在众人眼里绝对是善良的，善良得连自己都认不出自己了：他不是一个没有激情的或没有性欲的人，而是一个暗暗追求着伟人之梦或伟人幻想的人，为自己做英雄与为众多称自己为朋友的人做英雄所用的方法完全不同。

“我想和你一样具有危险性。”与索尔格坐在屋里吃晚饭时他这样说。这顿晚饭又是一次偶然产生的结果。

桌子摆在西边的窗口。窗户的中间部分是一个带着一些深色长条的黄色四边形。那条河和傍晚的天空横于其间，上面和下面（云带和陆地）已是浓浓的黑色。窗户没有装挡蚊子的窗纱。虽然还有蚊子一只只东摇西晃地径直飞进来，但已不再叮人，只是偶尔落在人的手背上，停留在那里。

这顿晚饭吃的是野外作业时采回的浅褐色蘑菇。这蘑菇吸收了不透水的永久性冻土中的些许湿润，味道与中国蘑菇相仿；另外还有从印第安打鱼人那里买来的厚厚的白色鲱鱼块和最后几个超大土豆，土豆就是实在没有形状可言的“夏园”中产的。园子就位于屋后东边风吹不到的地方。他们喝着一杯从聚居地一家叫“贸易站”的超市买来的葡萄酒。酒是冰的，就着稍苦的蘑菇和鲱鱼，其香甜味片刻之间十分爽口。

这是初秋的一天，在一栋放置着家具、摆设和技术器械的房子里。房子的内部作为实用而毫无秘密可言的普通处所给人一种家的感觉：即便是毫不经意地向外面望一望，好像也会出现那种既崇高同时又不安的感觉，也会出现那样一种感觉，仿佛这空间令人头晕目眩地通入外面向天际延展的高纬度地区。就算不向外看，即使在吃饭饮酒中，一种令人惊异的光也会从人的眼角射进来。虽然这光同时也持续不断地对各种物体产生着作用，但只有在那奇妙的来自内部的小小抖动中，你才能感受到它本身的亮度，借此意识便会获知，确实相距“很远，很远很远”，“完全是另外一个地方”，是在地球上的另一个洲。

有只黑白斑猫也是这栋房子的一个成员，吃完残剩的鱼后，它依旧蹲在桌子上——木头墙体很薄，没有窗台，向外面沙滩上随着晚风剧烈摇摆的灌木丛望着，时而朝着灌木丛中的一个个反向动作，转动一下它那一向都很僵直的头，并抬起爪子。

风向上游方向吹着，此时在依然泛着黄色的河面上，掀出一层层疾速涌向东方的小浪花，仿佛连河水也在朝那个方向流。在这幅画面的边缘，真正的奔涌在那些巨大的螺旋状流层中才清晰起来。在那里，一个个已经呈漆黑色的旋涡看上去几乎是实实在在的东西，犹如投入水中的小牛小羊的内脏似的旋转着。西面下游远处，一半河面已隐没在河岸的阴影中，不停地有一个黑乎乎的东西高高耸出水面，同时发出一种有节奏的嘎嘎声，这种声音一直传入屋内，随后又落入水中，带出一种响彻整个空旷地带、好似野兽发出的鼾声：河水水位在下降，印第安人能借助那里的河水驱动他们的巨型木制捕鱼水车的日子只剩最后几天了。这天就是其中的一天，即使在夜间，这种水车也在为他们搜集着鲱鱼。

水车的另一边，河顺着弯弯曲曲的河道流向北方，由低矮茂密的褐色针叶原始林构成的锯齿状的天际线犹如沿着一个潟湖的弧形边缘伸展开来。向远处绵延而去的矮树丛中耸立出为数不多的高树的树尖，仿佛在那后面的远处，在由一个个狭长的岛脊造出的虚幻潟湖的映衬下，真有一个潟湖岛小城的几座塔楼竖立在天穹的纯清空间前面。完全浸入黑暗中的小城的各种细节只有靠在还比较明亮的河水中的倒影才能看出来，城中时不时响起几声枪声，或是传出一只走失的狗的叫声，不过或许它们只是从那里又传回村子里的回声。在村子里各个角落，常常聚成群的狗一直要狂叫到深夜。

一只小船，由于乘船的人或跪或蹲，一个人都看不到，它漂出潟湖湾的暗影，遁入残留的光亮中，身后拖着一个深蓝色的浅滩。一颗枪弹仿佛从潜伏点射出，掠过平静的河面，几乎没有惊起涟漪，然后窜进岛上一个灌木林中。林中飞起几只乌鸦。

入夜不久，索尔格开着劳费尔借来的吉普车去找印第安女人。那个印第安女人从不等他，不过遇有机会还是侍候他，侍候时她一副热心肠而又不乏嘲讽，有时甚至流露着一种满足的威严。在他面前，沿河岸修的石子路坑坑洼洼，一溜小水洼虽然已不再闪闪发光，但依然还闪着惨淡的亮色，与同样泛着惨淡亮色的河面似乎归在一处。然而即使那藏着一个个浅滩的水面也不再是静静地守着自己，没有一丝界线清晰可辨地融入吞没了整个地平线的、犹如极圈标志的、形似长带的淡淡天际：天际中那些薄薄的黑云带可能也就是大河流经之地最后面的岛屿，而空中云带四周被割裂的最后亮色或许依然还是西去的河流。

索尔格停下车，想紧紧抓住这一空间事件。然而空间已经不复存在，没有了前景和后景，远近层次感正在最终消失，他面前仅剩下一种强劲而缓缓耸起的空敞，并非完全空寂，而是有一种灼热的实在感，他愈加强烈地感受到头顶上方和背后那漆黑的夜空，愈加强烈地感受到两侧和脚下那浓黑的大地。心神不宁的索尔格试图阻住这一自然现象以及在这一现象中生发的对流逝的沉思，采用的办法是在自己的头脑中将这种种矛盾的细节狂暴地逐出这幅画面——直至远近层次感、没影点[1]和可怜的孤单再次出现。确实有那么一瞬间，他感受到自己体内有一种力量，能将自己整个射入泛着亮光的地平线，能让自己在那里永远化入无可分辨的天与地的混沌中。

他坐在继续行驶的汽车里，身体僵硬，好像要远离所有的仪表装置，手把着方向盘相当靠上的地方，就像他不属于这里。

---

[1] 也称为“消失点”，透视画中平行线条的汇聚点。

一条条没有名字的路从一个个没有门牌号的小屋边经过。有些窗户挂着绵羊皮，好像已经准备好过冬了。大门上方那些驼鹿角进入车前灯的光线时显得又白又大。小屋都高高地建在成排的粗圆木上，屋下黑乎乎的区域里，放在那里的杂物的影子在移动着。顺着林边修建的飞机跑道成了一块在汽车灯光中越来越细的石子地，很是空旷，两边夹着低杆红色标志灯。一条没有主人的狗瞪着发亮的眼睛从它的地下洞窟中伸出脑袋。这是一片被遗弃的移民地，美国联邦公路网中没有一条公路通这里，也不通船。要来这里，只能乘坐小型飞机。然而这里却有许多又窄又短的小路伸入原始森林，直通到一片片沼泽地，而那里也就是路的尽头。每户人家至少有一辆汽车，即使再短的路，住在这里的人也要开上车，在灌木丛之间快速拐来拐去，将从未干过的道路上的泥巴甩向树干和小屋的墙壁。这个偏远之地虽然平平展展，却拥有所有自己的物体、植物、动物和人，每天都会重新变得毛糙，像骨质一样，轮廓清晰分明。“印第安女人”（索尔格在心中总是这样称呼她，即使在她身边时也是如此）就是在这样一个地方出现在他的面前，身上透着迷人同时又泛着冷光的圆滑——好像这“圆滑”就是她经久的美称。

当时，夜晚还从未真正黑起来，在与超市相邻的酒吧里，她邀请了他去跳舞。她那宽宽的、与众不同的秀美身子（他不知道跳舞时该将双手放在何处）为他示范着各种动作，首先让他感到惊异，并且以一种他自己不大喜欢的方式刺激着他。与此相比，她倒觉得他身上的一切似乎都平平常常，或者说她至少是忍受了他。她的光滑具有诱惑力，她的宽容具有传染性。

关于她与这个外地人的关系，不应让部落成员们——其实几乎已不再有部落，有的只是听着卡带音乐、喝着啤酒、坚守在一个个小屋中的人，而他们屋后的森林里就是那些古老墓地的巨坟——得知任何风声：不然的话，作为卫生部门聘任的、独自掌管着该聚居地储备药品的护士，她也会失去自己族人的信任，“身上沾上了味儿”，“她的脸蛋中会蹦出青蛙”，给村子传染种种神秘的疾病，因而她本人必定会死于“一把石头剪刀”。和众多居住在这种纬度上的人一样，她丈夫不会游泳，一次在河里捕鱼时淹死了。她反复做着一个梦，她把他从水中拽出来了，却是一个装饰着羽毛的木制面具。

她的屋前竖着一个高高的图腾柱，在汽车灯光中色彩斑斓，柱子边靠着她两个孩子的自行车。透过没挂窗帘的窗户，他首先看到的是她那圆圆的额头，这意味着一种亲热的欢迎。于是他根本没等她的信号立刻就走了进去。他确信孩子们已经睡着了。

一个孩子在甜甜的睡梦中就像没有性别，松松地咬着另一个熟睡的孩子的胳膊肘。这个硕大的空间半明半暗，但却不黑，好像与其余空间分离开来了，一个只有他们才能进入的营地，屋外夜色中摇曳的灌木丛的影子在它的墙壁上蹿来蹿去：尽管如此，他——注视着她，顺从她，决心化作她美妙的机器（就像她化作他的一样），与其说使她“幸福”，倒不如说分享她那更为持久的骄傲——并没有把自己看成骗子，而是看到那个无可避免的、根本无须由他承担责任的欺骗行为的事实。

事情不单单是这样：他在她面前不得不使用一种（况且对她来说也是如此）陌生的语言。在这其中，他会有一种不同于使用自己的语言时的声音：在这种大概只涉及他们两人的特殊情况出现之前，就存在着没有实际行动的渴望与真正付诸实施之间的矛盾。对前者来说，他知道自己和对方都处在完美的状态中；而对后者来说，这种实施随后必定将以某种方式结束。尽管能够一次又一次地预感到凯旋，然而每一次都见不到胜利的影子。每一次似乎都是唯一有效的手段，而后来却几乎不起任何作用。那所期待的结合并未阻碍这种渴望，但却使它衰减成突然的难以持续的瞬间，正是在这样虚弱无力中，产生了一种愧疚感，而随后更加愧疚。这就意味着，他不爱她。他知道自己本不该到她这里来，而当她拥抱住他时，他在游移不定中突然与她做了那事。他竟然对拥抱没有一点感觉，只是依旧觉得孤单，怎么会成了这样呢？

他希望用自己的语言去爱她，通过自己的语言去爱她，以此作为补偿。然而，实际上他并没有这样，而是用咄咄逼人的眼光默默地盯着她。她起先是一阵惊讶——不单是在讨他的欢心——随即害怕起来。他把玩这样的念头：杀了她，或者至少偷她一些东西，或者至少毁坏她一些东西，没人知道他在这里。“我不喜欢这个世纪。”然后他说。她慢慢悠悠地回答，好似在为他解读未来：“是的，你身体健康，也许会走失的。”

她压根儿就不知道他来自哪里，想象不出地球的另一块地方时就笑。天上那条长长的亮带现在终于消失了吧？发电机在屋后的铁皮棚屋中隆隆响着。在一种没有地点的黑暗中，超越出所有的纬度和经度，那些水滩在颤动，在围着圈子旋转。欧蓍草的白色花朵在寒冷中弯曲着身子，开黄花的母菊丛成了燃烧着的森林的航拍照片。此时，一种好似丁零零的失却方向感的警报声从索尔格内心深处飘出，穿过如夜沉寂的洼地，一直向北而去（此时此刻北是什么？），直至冻原滩地，在那里让一个冰柱崩陷下去。那冰柱是千年之前水泡出口的隆起物，被沙土和碎石覆盖，从外面根本辨认不出是一个冰块。说不定一个火山口正在形成，还带有一个湖，似乎极点附近确实曾有过一个小小的火山。屋子斜坡后面那条河里，只有河水表面还在流动：紧挨着河水表层下面，光滑的冰体填满了从源头到河口的河床，抓住上面漂游的树枝树叶并快速裹住它们，给河水染上了它的玻璃色。许多人的额头正放在盥洗池那冰凉的瓷边上，睡在这张床上的两个孩子大概整个夜里不再会翻身。而劳费尔呢，他正站着在看一封信（今天并不是送邮件的日子呀？），信纸用手指捏着，但更多的是用手掌捧着。在索尔格的遥想中，他身边沙发上有一个稍稍侧斜的水果篮。这期间，他一直盯着也瞄着他的猫，直到它最终闭上了眼睛。风在屋外灌木丛中的空啤酒桶中呜呜呜吼，同时来自史前时期的风也在他的脑子里发出埃俄罗斯[1]式的怒吼，而小屋此时立身的土地就是由这种风吹聚在一起的。索尔格察觉到，十分熟悉的非现实从所有共时但却互不相容的物象中聚向他的四周，马上就会将他刮走。这恐怕又是他自己的过错。“我必须回家。我必须睡觉。”拳头捶着脑袋；这也是一种祈祷：这甚至在起作用。恐怖的景

[1] 埃俄罗斯：古希腊神话中的风神。

象消逝而去，空间感重新归来。“你在看什么？”印第安女人问，他在自己的眼角中感受到对她的好感，张臂抱住女人。他此举是当真的。她紧紧抱着他。当他抬眼向上望去时，第一次发现她面部没有任何表露，就是一种完全的投入，他在那张脸上预先看到了一个漂亮的老人。

索尔格一边受着她的款待，一边还认真地听完了一个长长的故事。故事讲的是有一个人让一个女人闻铜，用这种方法诱奸了睡着的她。他被礼貌地送到门口，然后心情愉快地在怡人的极地夜色中驱车回家。还从未有过这种提前的倦乏，它的降临“犹如偏离了垂直”，也许是因为用那种陌生语言滔滔不绝地说话所致（其间他仿佛觉得他的“危险性”是作为古怪而阴森恐怖的人出现的）。他踏入在黑暗中闪烁着亮光的木头房子里。这房子的颜色、形状和材料离得老远就已经作为能量传给了他（斜坡后面的水流已成了细小的潺潺声）。他有一种活动欲，有一种十分强烈的研究大自然的冲动——尽管后来他只是端了杯葡萄酒来到孤寂的实验室里（劳费尔已在隔壁睡着了），把猫抱在膝头，百无聊赖地遐想着里里外外的昏暗中的概貌和秩序。

他可以自由自在地使用自己的语言了，终于开口对那只猫说：“尊敬的有魔力的动物，大眼睛的家伙，食肉的家伙。别害怕：现在谁也没有我们强大，谁也不可能对我们造成损害。窗前流淌着怀有敌意的水，可我们坐在我们自己的地方，直到今天，我们一直运气不错。我并不太弱，我并不太无能，我能够自由自在。我想获得成功，我想经历冒险，我想教会大地理智，教会天空悲伤。你懂得这些吗？——我心情难以平静。”

他们两个向夜色望出去，猫的注意力远远超过人，高高竖起的尾巴下面的排泄孔犹如一道闪烁的目光对着他。一阵这个地区少见的风在外面狂吼，静静的屋子的木头里面也发出咔咔声。索尔格一动不动地在那里坐了很长时间，最后觉得自己在用头盖骨称自己脑髓的重量：一台秤所做的事情就是让它所称的东西没有重量。一阵神经的震颤又一次围着脑袋转圈子，好像皮层下有什么东西在扑打着翅膀；随后出现了完全的寂静。在这种寂静中，一切都在说着这样的话：“夜——窗户——猫。”索尔格感到屋外的寒冷和风是在自己的肺叶中做着善事。

他抓住猫的前腿抬起来，因而它只能挺直身子立在那里。他将耳朵贴近它的嘴边：“现在说点什么。别再装了，假惺惺的四条腿的家伙，没爸没妈的怪物，无子无女的强盗。倒是加一把劲呐。谁都知道你们会说话。”

他将圆乎乎的小猫头紧紧按在自己的耳朵上，同时越来越用劲地抚摩它的身子，最后他的手穿过它的毛抚摩到它的骨架。

猫一动不动，几乎不再喘气，在这种困境中眼睛瞪得滚圆，晶莹透亮，瞳孔中现出这个男人的影像。过了好大一阵子，它才开始呼哧呼哧地喘气，最后用热乎乎的气流将一个短促的悲伤之音送进他的外耳。那声音不是出自痛苦，而是发自最后的紧要关头，发自一种终于出现的放松。随后它甚至用一只爪子完全家养动物式地轻轻拍了一下他的脸。

“荒谬的畜生，”折磨者说，“魔鬼似的夜行动物，可以随意比喻的家伙。”

猫抓了他一下，趁他松手之机，将他的膝盖作为中间踏板跳离开他，立刻钻进房间的长条地毯里，在地毯下使劲弓了一下身子，呆呆地卧在那里。

索尔格脸上先是有一种凉意，后来伤口才微微出了点儿血。逃离而去的猫的身后，家具还在嗡嗡作响。他面前的桌子上，一个罗盘指针的褐色针尖在颤动。隔壁房间里，另外那个人在床上重重地翻来颠去，似乎是没找好自己的位置，在睡梦中说着什么。或者那已经是一种吟唱？到底有什么可庆贺的？人是那么容易泄露自己的秘密。人如此之快就乐于说话了。相对之下，猫的忸怩是那样美好。别再说了，伙计。赶快来吧，沉默不语的时代。

罗盘旁边放着一封写给他的信，从欧洲来的，他还没有打开。（看看从哪个国家在冒着什么样的烟？）单单在今天这个日子，还有多少其他事情被拖延了呢？犯了一个无可补偿的过失的感觉戏弄着他，且说不上是攫取了他。因为他只是隐隐约约有这种感觉，所以他根本不可能后悔，不可能去补救什么。“绝对不会再这样了。”他说，正是夜间睡意朦胧拿定主意的时间，“这一天是最后一次……”最后一次什么？一种强烈的炎热，几乎是臭的，迅速向房间压下来，向房间中这个依然顽固的没有入睡的人压下来：无可弥补的不足和没有止境的无能的意识。他没有权利看那些用于技术目的的物品，他没有权利看那条河。他曾让人拥抱自己，那是骗人的假象。劳费尔此时真的在睡梦中唱着歌。“滑稽的另一个，可笑的自己，笑呵呵的第三者。”有什么地方不对头，向来如此，他们所有的人都有什么地方不对头。他们都是造假者，无一例外。夜晚变成一个在外面倚着窗户玻璃的物体；索尔格此时真把自己看成是一个危险的人：因为他想丢弃一切，想自己走失。

当然很久以来，他就熟知无人居住地带的种种状态。它们会在第二天清新的空气中化为乌有，只要不是还在睡梦中；而且这时那只猫又从地毯下钻了出来，在准备上床睡觉的他面前过来过去好几次，借以表示它的亲热。“你也看见了，我现在去睡觉。”他低头对它说。他又补充说：“乐去吧，我的动物，你有一个故乡。”狂风中的房子飘走在夜色中，索尔格高兴地期待着晨光。“我想与动物们生活一段时间。它们不出汗，不为自己的处境大声哀怨……”

然而在极为需求沉默不语的情况下，真的就不存在对某种出自本能的呼叫的乐趣吗？用这种呼叫不仅可以证实过失的不存在，而且可以重塑那种光辉四射的清白，凭借它生命亦会持久。

不管用什么语言，索尔格没有什么可呼叫的。半睡半醒中，他清楚地意识到：又是一天逝去了。在这一天里，他推延了某件很快就不可推延的事情。到了做出一个决断的时间了，这个决断尽在他的掌握之中，或者不是——不管怎么说，得由他将它导引过来。

他呼吸深沉，一动不动中觉得自己采取了某种姿势。此时此刻，他感受到一种对这种决断的渴盼，感受到一种几近愤怒的期待和焦躁。此情此境中，他觉得自己不是孤单一人，而是平生第一次将自己想象成民众中的一员。这样的情况十分奇特，对索尔格来说完全属于绝无仅有，即便是在入睡过程中也毫不可笑。他此时此刻不单单是代表大多数，而且为他们需要一个决断的愿望承担着责任。就是这个愿望将他们所有的人首先聚合在一起，让他们感到欢快幸福。

所有重重叠叠的高屋大厦的窗户系统式样划一，他甚至瞬间将它们看成是凝固在专注中的期待用具；它们也仅仅是出于他的这一目的被嵌入一面面凄凉的墙壁，而不是作为观望和通风的孔洞。与通常半睡半醒时不同，显现在他面前的不是无人居住的地带——取而代之的是许许多多飘浮而过的脸。它们离得很近，没有丝毫的民族特征，挂满忧愁，其中没有一个是他熟悉的；然而它们总体构成了一种活生生的、他也属于其中的多样性。

他到底是否为一个决断做好了准备？这一点他也不知道。若不身临其中，他永远也不会得知这一点。

然而这个决断又是什么呢？作为答案，几乎已经进入睡眠状态的索尔格看到的只是一幅沉默的画面。在这画面中，他坐在一个小小的位置极高的空间里，是长着圆乎乎的肩膀的勤劳的人民官员，将他和其他一切分隔开来的一大片水域的对面，那些统一的窗户向他望过来。

一种将人耗得筋疲力尽的奇怪的肉欲向他袭来。过于虚弱时，他看见自己已经消失在不远处的一个拱门下。那拱门继续把他引入一个眼下还锁着门的避难所里：那里与许多事情有关系，但都是生死之外的事情。

热浪传遍他的整个身体，他遇见了自己，是在松弛地放在手心里。他满足地感受到自己的性器官，没有兴奋；同时他有一种饥饿感，还有金钱欲。那只猫跳上床来，卧在他的双脚上；“一只屋子里的动物”。细细长长的行军床正好适合于他。一旁的劳费尔在睡梦中笑着；或者是他自己？外面的风化作一片尘雾。那个蜷身而卧的印第安女人正在忘记他，忘记所有的人，连同她的孩子们。（就连她此时也是他合适的女人。）

白日里，通过工作一般都能与自己和地貌达到一致，他“面对着现场”——面对着由他探察的地区（“城镇”就是他那方方正正的、无人居住的、除了荒野还是荒野的作业场地）；夜间，睡在一张高高的铁床上的索尔格依旧还在体味着与欧洲和“祖先”的距离：不仅将其体味成自己与另外一点之间无法想象的路程，而且将自己也体味成一个远离者（在此情形下只能怪距离这一事实）。睡梦中不存在另外一点的概念，只有一种与他纠缠不休的、烦扰他身上一切的意识，那就是没有睡在自己的床上。睡梦中时时有一种被强制远离的感觉，尽管改换大陆已经数年，他还从未在有家的感觉的地方睡过一个安宁觉，更多的是刚一合眼（一个每次他都抗拒的时刻），随即整个夜里都在朝有磁力的地平线慢慢沉离，愈加黏稠，愈加沉重——后来在什么地方发生着什么事情？

一伙醉醺醺的印第安人大喊大叫，围着一堆篝火站在河岸斜坡上，其中一个东摇西晃地倒退着离开人堆儿，手里还攥着一个酒瓶，跌入平展而湍急的水流里，竟然沉下去了；不过做梦的人替代他站在那短短的斜坡上。他再未浮出水面。没有人对他的消失做出反应。

若是俯瞰（比如从一架低空飞行的直升机上看下去），这条河的河水表面清澈透亮。河面下，犹如裹在一个清亮的水体中，一团团黄褐色的泥浆云清晰可见，它们是一个个边缘分明的独立团块，因而才显出湍急强劲，从河水深处冲涌而出，占满整个河道，向西方滚滚而去。

在这团团浑浊之上，紧贴着透亮的河水表层下面，即便站在河岸边，你也分辨不清那黑乎乎的树干漂着滑着而去，还有大都被水流剥得露出黑皮的桦树，它们时不时被冲得特别高的泥浆团短暂地裹住。在河岸边，看得一清二楚的是那些单个漂游的残断云杉，因为后部的树根重量较大，所以头部一次次翘出水面，随即又沉没下去。

有几根树干被水流冲向浅滩，因树根挂在河底而停泊在那里，只有趾高气扬的头伸出水面来。

再也听不到呼喊声了。河在晨光中弯出一个弧形，流向一个在更远的地方永不停息的大海那平静的海湾。海面上不时有风带起的水波在昏暗中缓缓地爬向四方。

一条粉红色的死鲱鱼被冲到岸边的沙滩上。凝重弥漫的昏暗中闪现着一种很弱的色彩，上面是与其截然分离的惨白天空，挂着失色的、犹如向后坠落的月亮。那条鱼肿胀得怪模怪样，横在因露水而泥泞的沙滩上，好像是在嬉戏中偶然进入这个冰冷的晨色风景画中，与稀疏的矮树林中的印第安人墓地那一个个同样鼓鼓的坟包形成对应。坟包由白色的木栅栏围着，矮树林是那片小屋另外一边的分界标志。小屋隔墙昏暗地立在中间地带的灌木丛中，看不到生命迹象，只能听见发电机的哒哒声。河岸斜坡上被遗弃的火堆还在冒着烟。

这个居住区小路纵横交错，数不胜数。然而它们却很少将一个个小屋相互连接起来。它们只是这样或是伸进一片小树林，或是伸进灌木丛，不是在那里到了尽头，就是作为一个个隧洞通道再通向四面八方，而且也许尽头就在狐狸修筑的一个地下迷宫里。这个村落被荒野团团围住，还不仅仅如此：原始森林和史前地貌都完整地保留着，即使村子里也依然大体如此。这个地区从未开垦过，因而也从未有过诸如田垄或各种完全文明化的地貌形态。除了住房的修建地之外，大地表面的自然起伏几乎没有一处改变：即使那些比较宽的路也都是高低不平，上上下下，只是从空中俯瞰时才显得平坦（照这样看，一条“垄”，加上那条宽带，无非就是那条又短又宽的石子路，它作为禁区通向一个军事基地，伸入沼泽地带）。由于大多数小屋都修建在柱座上，甚至那些建了房屋的地上，即房屋下面的小洼地、沟渠和土包，也保持着原先的地貌。

仿佛与原始地貌这种纯真的状态遥相呼应，那些散落在灌木丛中的一个个住所没有在任何地方相互形成一种组合；它们东一个西一个，即便与最近的房屋也没有关联，常常远离能够行车的道路，也远远避开能够行车的道路。没有能将这个移民区尽收眼底的地方，但它却以附近唯一的居民点而闻名：每一个建筑出现时，都让人觉得不会再有别的建筑了。

只有乘飞机从高空看去，河边原始森林里才会令人几乎神迷地突然现出一个规划中的小镇。小镇有一个甚至呈直角形的道路网，有一条所谓的“宽敞大道”斜穿小镇，是真正的主干道——突然出现了一个理想之地，已经文明化，同时又是原始的，时而有一把黄铜门把手在晨曦中闪烁着亮光，同时雾气从云杉树自然保护区那无边无际的浅棕色中腾起。

在这片给人以亲切感的肥沃的河边平原上——那些低矮杂乱的针叶树很可能是葡萄藤——自然看不见任何农田和牧场（初看到这样的缺失很是让人费解），也看不到一条横穿原野延伸向天尽头的道路。（由于乱扔乱放的坏损汽车和锈迹斑斑的电器，从高处看，大多数小屋都变成了被洗劫过的废物集装箱。）

三角山墙木房有一个白色木头教堂，是这个地区最高的建筑，也是唯一有阁楼的建筑，两位住客有时候把阁楼当暗室用。这个山墙是一个标志点，因为即便在这个有人居住的地区里，在灌木丛和沼泽地间迷路的可能性也是很大的。

索尔格早早就起了床，想立刻就开始干活。太阳还没有出来，但那些光滑的鹅卵石已经在河岸的路上闪闪发亮。他站在河岸边画着近处一个探出河面的沙滩，沙滩边上沿水平方向仿佛标画着一条条凸线。那是聚在一起的落叶、残枝和针叶。河面好像一夜之间陡然落了下去。天气寒冷，可他并不觉得冷；任何一种天气都能给他活力，只要他置身户外的空气中，只要他用自己的力量去完全领受它。

即使在工作中，他也是更喜欢画画而不大乐意照相，因为他觉得在画画中才能领会地貌的所有形态。每一次他都感到惊讶，那儿竟呈现出如此多姿的形态，即便是在乍一看十分单调的荒野之中。另外，无论什么样的地区，只有尽可能忠实地逐条线画出它来，不使用在自己的科学中已经习以为常的图解和删略法，他才觉得更接近它，他才能心安理得地宣称曾经到过那里，尽管仅仅是自己对自己宣称。

与这个季节通常所见一样，这片河域空荡荡的。然而，在这个如同从大地深处映射出的早晨，环绕着它所有的边缘，让人重新感受到世纪之交那个短暂的时代。那时，河里行驶着明轮船，各家贸易公司将这里划归为各自的基地，一群又一群淘金人在这里涌来涌去。这个地区载入了世界史册：这些都一去不复返了，消失在出自虚假“贸易站”的塑料网筛里；消失在从事家庭手工制作的印第安人仿刻的袖珍探险雪橇里；消失在因天气变化剧烈而比世界其他任何地方都风化得快的墓碑铭文里，而在没有时间没有意识的河里，逝去的东西现在作为有意识的永恒的水流一起运动着。观察者感受到平静和安慰，轻松愉快起来，有了做成什么事的乐趣。

素描簿那结实而没有光泽的纸；为能画出粗细不同的线条而将笔尖削成斜楔状的绘画笔；香烟发出美丽的亮光；没有一丝风；烟雾没有飘走，而是缓缓沉降在地面上。

晨景中首先出现的颜色一如物体本身：一种砾石的红

色，一种汽油桶的蓝色，一种刀叶的黄色，一种桦树干的白色。草地里长着炸裂的小灰球菌。另一处地方长着一株毛茸茸的罂粟，它的花不是红的，而是美妙的黄色。金合欢与各地一样长着深色的刺，它们只是灌木，不是乔木。火红的花楸浆果的果肉里面已经比雪球还要冰冷，在手掌里还在长时间地燃烧。柳树枝的砖红色似乎适合做书的封皮。还有钉在仓房墙上那一绺一绺的熊皮的棕色。

最先动起来的是水面上一团一团的水汽，在往东飘移。黏土斜坡上的洞里飞出一些河燕，很快又转身飞回来。一些黑乎乎的野狗在河滩斜坡上嗅来嗅去，可随后却摇身变成巨大的乌鸦升向空中，呼呼地挥舞着翅膀在这个男人的头顶上盘旋，转换方向时发出如同呼喊似的沙哑叫声。有一只飞了回来，无声无息地再次从那个站在那里的人头顶掠过。它飞得很低，扑打翅膀发出的声响就像电动机传动带发出的声音。

那些夜间被冲到河岸上的鱼几乎已被吃光。在松软的沙地上，时而还可以看到鱼眼睛被啄出时留下的印迹。一条猎食的狗顺着河岸跑来跑去，一身银灰色，头部蓝色眼睛往下一色白毛：一张真正的脸。它左一下右一下撕扯着地上的一只死海鸥，咔嚓咔嚓地嚼着海鸥——远近唯一能听见的声音。聚居地那些被链条拴着的狗从它们的土窝里钻出来，尽可能远地四下乱跑，哀号狂吠，还带着被抑制的狂躁。

一个司空见惯的清晨交通的种种声响开始了，然而坚实的土地上没有一处行驶着汽车，而各处灌木丛上方出现了无数架小飞机，另一些小飞机在河对岸的空中发出轰轰的响声。“你必须知道，还从来没有一个人在如此程度上听凭自己置身于这样的生活之中，因而也就不可能在更大的程度上听任自己。”

敬慕谁？敬慕难道不是他的需求？难道他不想有所依托？他能够为他们做点儿什么的人在什么地方？他到底在什么地方？

作为样例，那个不仅被压扁而且完全被压进路面的啤酒罐在展示着自己。它是在向不可能再增强的强力展示自己，是在向他不熟悉的但此时已经体验到的绝望展示自己。这种绝望关系到一种无可补救的不足和一种冷酷的缺失，为此村子里所有的狗都在怒不可遏地狂叫着。

同事劳费尔已经又穿上了他那件口袋很多的马甲和那双长筒靴，在安装于三角山墙木房大门上方的一个飘动的球网前跑过来跑过去，自己打着篮球。正在往回走的索尔格开始加快脚步，抢断朋友的球，和他一起打了起来。

在十分遥远的洼地里，太阳缓缓升起，稍稍有点儿偏，用深深的投影使这里的景色暗淡下来：一种昏暗，不如说是一种朦胧，利用那些几乎毫无收缩、也几乎不挪不移的影子沟壑，将在树木和灌木丛间停留整整一个白天——从索尔格参加打篮球那一刻起，时间立刻化成一个沐浴着清晨阳光的空间，就像在一个开放式的舞台上，没有特别的事件，没有昼与夜的更替，而且没有特别的感受：此时此地，他既不是有事要做的人，也不是无事可做的人，既不是当事人，也不是旁观者。

他刚刚还冲撞了他的对手，闻了闻篮球，在别人的，后来在自己的汗味中喘着气，还被拦腰抱住一次，被体格强壮的劳费尔挡在了一边——遭燕群丢弃的独燕越来越多地飞离它们在河岸边的洞窝，远远飞至河中心的上方，从那里加快速度飞回来，好像那里有一道隐形边界。它们腹部是白色的，比别处的燕子肥胖，个头要小许多，整整一天以及随后的每一天都在重复这种长短两节拍的运动，有时会遇到一只亮白色的鹰沿着河流巡游，燕子便随着它飞上一段路程。

在这个时空中，有着持续永远的现时，有着持续永远的万物共享的世界，有着持续永远的可居住性。这种现时是一种无所不包的现时，曾经被爱的死者一起呼吸着这里的空气，最遥远的爱就隐藏在一个可以进出的相邻空间里，而且欢快乐观；这万物共享的世界是一个别样的所在，那里不再有逃离和归去的压力，但也不会强迫人融入老辈居民的习俗；这里的可居住性是一种整个地区的住房和工作场所的可居性，在内部空间不施加习俗压力的情况下，个人的特立独行成为了可能。

秋日的阳光不强，或者说热乎乎的，或者说在相距很远的水面上的某个地方闪着亮光——至少这秋日的太阳不仅仅是一个无关紧要的、司空见惯的、背后或眼前的光源。在露天已摆好餐具的桌子上，树叶纷纷地落在一个个盘子里，或者大批地漂向河流下游；或者根本就不是树叶，而是作为鸟儿，从草地飞回灌木丛里，突然停在一团飞旋的惊恐中，作为人间的动物向完全不同的方向窜去，是青蛙脑袋，在那一片片黑乎乎的沼泽水滩里，它们流动在那黄色落叶层之间，或是野兽，它们远远地逃入低洼地里，在枪声中翻滚着；或者说它们归根结底无非全都树叶而已（比如从树上落下的鸟儿，在风中无非脱落的树皮）。

在这一时间里，发生的这样的事情，并非仅仅是凑巧分不清这种种细节的人自己莫名其妙地搞混了。这样的事情是对其自身的强制性提示。就像整体而言一个大轮回（"年轮"）中的季节一样，这样的事情从个体看来，无论对什么样的观察者来说，都会从一个个单一的时间流程转换成形形色色的空间事件：乍一看时是种种混乱，但之后却作为外部的转换而受到欢迎，其间在一个深深的观察空间里，凭借奇妙的自然现象，植物遭遇了动物以及人，未显现的遭遇了正在那里发生的，“一如既往，独一无二”。这样的情景既使索尔格的特殊故事与北方秋日的遭遇转化为一，又从这个人的故事回归到一个时间的苍穹里，这位忘却自身的人也依然置身其中，没有命运，但也没有缺憾（完全从变换不定的感觉中解脱出来了）。

在这个地区，甚至有一个确切的地方（索尔格天天在画它）。在那里，充满希望的世界历史在他眼前一目了然地演进，再也不会发生什么暴力甚或突发的事情。这个地方并非一开始就作为地点或地段而引人注目，它是伴随着持续不断的绘画的辛劳才形成的，并因此而变得可以描述。

那是一个普通不过的地区的中心，之所以被索尔格选中，是因为前景中的一条地震断裂带和后方远处一片黄土梯地的残留。这个中心没有显露出任何特别的表面形貌，就连一个小小的泥洼地也没有，他只是在一种填充的冲动下才顺带画下了它。随着时间的推移，它在不经意间成了一个相当独特的地段。它几乎没有树木或矮树，是一片平展的草原。草原上有几处小屋，屋前横着一条笔直的路。它的后方地带与一片稀疏的原始树林相接，但是却相距得如此之近，谁都可以看进去，而对画画的人的眼睛来说，前景上那许许多多分别可以感知的小形态本身则与荒野截然分开，犹如一道小菜园的镶边：这两个地段与这里的地貌形成鲜明的对照，而在它们之间，这个不成形状的中间地带虽然与之延展在同一块平原上，却像沉陷下去一样，是在这些星期的进程中形成的一条地带，最终成为一个人类山谷的范例，存在于一种可能而永恒的宁静中。

印第安人天天驾着车穿行在这个浸在秋日阳光中的地带，或向左去劳作，或往右回家去。他们的孩子也一样，每天早晨一个一个地从那里去学校，每天中午又在那里成群结队地回家：这里发生着他们那没有其他事件的生活进程；谁从这一边踏上这个舞台，那他补偿了他在另一端正好要离开的这个舞台；如果这些人在途中相遇，一起待上一会儿，然后又各自走开了，那么他们只是去往庄园的路上，总是在村子的公共区域里。载货汽车后车厢里汪汪吼叫的狗是他们带出来溜达的家养动物。

与在超市、公用建筑或酒吧里不同，那些在这个中间地段里不断来来往往的人展示的是一幅毫不气馁、生气勃勃，甚至常常欢快热闹的村镇的画面。由此而摆脱了许多强迫观念的索尔格知道，他是可以相信这幅画面的。此前，印第安人事实上有时曾经是一个敌对的种族，他在他们的土地上是一个不受欢迎的人，因为这片土地只是从表面上属于他的西方世界。“伟大的印第安人”——他可能自己曾这么想过，不过只有最终撇开“那入侵者”甚至“那另一个”不考虑时，他才敢于去关注，或者干脆不言而喻地就在其中。瞧瞧：他们针对“白人”的那些口号和诅咒至少最后才指向了他。

在所有过去的几个月里，他们对索尔格不理不睬。当他从他们身边经过时，他们目不斜视，或许还快速地撞他一下，然后可能会回过身来看他，不过更像是看路上的一个障碍物，撞过之后谁都想知道那障碍物究竟是个什么东西：现在，当把他们理解为一个村镇联合体中休戚与共的人时，他发现，只有这样，他们才感受得到他。他知道，不受他们轻视理应是他的事情。他们现在过来过去时，从不特意转过头来看他带着自己的仪器站在那里沉思，尽管如此，在消除了自己先前的局限后，他确信他们在接近自己：他不再妨碍他们，而他们甚至向他表现出一种关注，仅仅就是因为他们显得那么兴高采烈。这种注意本身就已经是友善了。

索尔格觉得，仿佛在这个舞台上，他第一次看到印第安人的孩子们在表演；仿佛他其实也是第一次在高纬度的北方见到孩子们；仿佛连那些成年人也变得那么亲切，无论他们在他眼前做什么，即便只是坐在汽车里飞驰而过，他们都好像在为他表演。**他**变得无拘无束——**他们**已经在表演了。

后来，一到晚上，他果真走进酒吧坐在他们中间，他们挤在一起，就像在电影院那昏昏暗暗的光线中前后一个挨一个坐着。他没有特别注视什么人（总是同时看着多个身影）。他们也没有特别注意他，不过他们经过他座位周围时，每次都是小心翼翼的，几乎就是在舞动。或许会有一张恐吓的脸凑上前来——而且可能立刻变作一张满意的脸缩回去，因为这恐吓——不是脸——立刻就在第一次回应的目光中会被忽略了。（如果有醉汉不停止这样的恐吓行为，因为他根本就不会再感知到另一个人的目光，常常都是由一个年龄比较大的印第安女人将呆立在那里的人轰走，轰他去跳一个悲伤的、能让人平和下来的长舞，从那里他就不会回不来了。）

索尔格不属于作为一个部落的印第安人中的一员，可是分别在酒吧里，在这个聚居地里，或者无论在这个地区什么地方，他都是他们中的一员；他并未忘记他们的肤色，只是在他们中间再也感觉不到自己的肤色。有时候，他甚至会想象自己在他们某个家族中隐藏起来，永远待在那里。或者更确切地说，这个秋日之梦看样子更像一个自然的白日梦幻，而且超出了索尔格本人的想象世界：仿佛大自然本身将一个相应的超越个人的故事展现给这位无非是心满意足地身在其中的人。他将带着他的家人生活在村落联合体里，即使教堂和学校自然也属于村落联合体。通过自己的工作，他甚至会成为这个村中的有用之人。教堂、学校、家庭、村子：这些又意味着全新的生活希望，索尔格把中间地带里那些小屋白天升起的炊烟感受为从未见过的新奇之事。他先前无疑就看见过那烟，可怎么直到现在才——到底在何地？到底是何时？没有何地，没有何时：无须再想着这里的人无非是被遗弃在一个“什么都没有”的荒凉地区的人，这让人如释重负。然而这里什么都有。

他现在不再悄悄地去会那个印第安女人了。他把她也介绍给自己的同事劳费尔，尽管通常他都不将自己与女人的关系告诉别人：“这是我的女友。”从那时起，她甚至时不时到三角山墙木屋来，带着孩子们，或是晚上作为第三个人来玩牌。索尔格非常渴望带着她在人前走一走，可又不知道能到谁面前走。她的眼睛很特别，几乎看不出深色虹膜后的黑色瞳孔，从前他从未从这双目光中感觉到什么含义，现在他信赖她——感受到了她的目光（一如既往的目光）。在她身边，他是那样心不在焉，因而他现在才与她保持持久的关系，再没有那种负疚感，只有一种他终于觉得十分奇特、不再让他惊异的快乐。（好像在她的身体里他才体验到真正的大地重力；一天夜里他们犹如躺在一块高高的平地上，后来突然间那块平地对他们来说太小了：他们长得超过真人的大小，变成了彼此的世界，因为快乐，令人难以置信。）

早先，索尔格曾认为自己具有一种获取幸福的能力。这体现在哥们儿气的放任上。这种放任也传给了一些人。眼下已不存在任何寻求幸福状态的欲望，他甚至像躲疾病似的躲避幸福状态。他只是有时候感到惊讶，其他人竟然会随同他那么快活：后来这迅速让他确信，逆时代而行也会过上一种真正的生活，同时也一再让他有了负疚意识，因为他不在乎持续性。不过现在他不再期待未来，只是缘分说了算。他在一张照片上看到，那个女人和他相互鞠了个躬，然后就各自走开了：能够像他们现在这样在一起，就是一种永恒的结合。

道别时，他也毫不费劲地说着另外一种语言，不过倒还没有借助特别的俚语或语调硬充当地人。说话时，他丧失了自己声音的意识；就像他作为生灵在这秋日的景色中忘却了一切痛苦一样，现在他说话仿佛也对其他人话语的亦步亦趋。说到底，他对陌生的语言萌发了一种新的乐趣，并且还想学会它们。他说：“在我的故土之国，这种属于这片土地，属于这群人的想象想一想都是绝对不可能的。就连一个这片土地和这群人的想法也根本不曾有过。正是这里的荒野促使我产生了这样的念头：一个村子会是什么？为什么首先是这个陌生女人显现为一种存在的可能性呢？”

还有劳费尔，在离开他的欧洲之后，时间对他来说常常是漫长的——他十分孩子气地早早上床睡觉，“就是为了躺在床上想家，像在寄宿学校里一样”，而且睡的时间很长。而现在，他几乎像个农民似的在这个地区忙活着，就像在自己的地质公园里一样。

他常常先于他的朋友起床，用瓶子、木板和金属条手工制作各种器具。他可以用来测量河边风和水的搬运力、斜坡的运动（地下的“挪移”或“流动”）以及土地结冻时的膨胀。

研究斜坡的劳费尔最终也忘了套上他那僵硬的职业装，因为穿上职业装也许就有了研究人员的模样，但却也像个奇怪的没有生育能力的人。他穿着一件没扣上扣子的大格子法兰绒衬衫，一条上面肥大自胫骨往下收得很紧的浅色亚麻布裤子，裤子的背带很宽，他变成一个在这里十分常见的肥肥胖胖的本地人。

他制作的主要是各种所谓的沉沙槽，有水平的，格子相互并列在一起（他用来测量水平面位置的沙石搬移）；有垂直的，分为好几层，用于测量地面和一定高度之间风的搬运力。他也使用一种“沉沙瓶”。他将这种瓶子埋在土里，地面上仅露出一个毫不引人注意的沙石拦截装置，固定在瓶颈上，能使开口转至迎向地面风的位置。他那数目众多的碎石收集箱总是安放在斜坡的坡底，为了防止侧面碎石混入而影响测定真正的斜坡运动，这个一丝不苟的劳费尔在每个收集箱前都安了长长的护板。为了测定被他称作斜坡地下土层中岩石的“肘弯击”，他将铅条垂直沉入地洞，铅条里有事先打入的与铅条形状一模一样的探条，然后观察碎石的位移，其方法是小心翼翼地挖开那些铅条旁边的土，测定它们的倾斜度。他将所有这些框架结构都安放在这个地区里，像个脚步沉重的人到处巡视看护着它们。

然而，成为他特殊领域的是建在基柱上的房子下面那些地方：那儿一个个土石小形态避开了来自上方的气候影响，与那些有本源关系的但此间已遭破坏的基柱区域以外的形态截然不同。

这个小小的观察作为发现，着实让他激动：一种小小的自然形态，不像其他地方已遭文明毁灭，而是恰恰因为文明才几乎没有留下任何时间的印记。南美的一个沙漠里情况正相反，那里从不降雨或下露水，一个世纪以来也没再刮过风，已经过去很久的时代的人类脚印和马掌印依旧留在那里，大自然对它们纹丝未动。（那个沙漠里的岩石由于风吹日晒染上了深深的颜色，由它们发出的热辐射阻碍了任何风的形成。）劳费尔想在一篇论文中对这两类现象相互进行比较，“这将不是一种研究，”他说，“更应是一种图像的描述。”

索尔格说：“对我来说是这样，在尽力设想同一地区里各种不同类型的地貌的年龄和产生以及它们之间的相互关系时，恰恰是由于这种令人头晕目眩的多样性，有时候我开始在一个绝无仅有的宽幅想象画中驰骋遐想，期盼着最终能够获得这幅画。在这样的时刻，我心里清清楚楚，我不是一个哲学家，却十分自然地进行着哲学思考。”

劳费尔：“不过这些可不是专业要求的对事物的思维，而且在一门专业哲学里我们也不可能有话语权。就我个人而言，如果拥有一种突发的富有哲学意味的想象，我可就太高兴了，仅仅就我个人而言。我的科学给了我一些其他人即使睡着时也不可能有的白日梦。”

索尔格：“那你不妨给我讲一点儿。”

劳费尔：“讲地貌？”

索尔格：“讲地貌和你。”

积蓄热情；对秩序的乐趣（也包括对一张长方形桌子的乐趣）；对简单的居住的享受；再次发现的学习之乐；对身体的愉悦：对其种种需求的愉悦，也无非就是对种种活动的愉悦。再也无欲无求：并非不幸。充实：没有任何超自然的东西。并非撇开不去想，但没有固执。感受着一个永远发热的脑袋：没有个人的思想，不寻求任何结论，谁都没有预先想到气喘吁吁的（“帮帮我吧”），然后深深地呼吸着（“感谢谁呢？”），唯有**随同**思考。随同大地思考而思考大地。随同大地思考而思考大地，当作没有结果思考着的世界。那个伴随着我的循环才循环的世界，连同我一起，连同最终思考过的东西，作为仅有的**思考过的东西**。再也没有血液，再也没有心脏跳动，再也没有人类的时间：只有那强劲搏动的、因自己的搏动而震颤的绝对透明。再也没有世纪，只有季节。从躺卧到站立；从站立到跳跃和奔跑。说话和竞赛的乐趣。没有表演的兴趣，但却乐于看别人表演。强劲的风，而没有一片叶子从那些桦树上落下来。一阵子宁静：后来又刮起另一阵轻风，树叶纷纷扬扬地落到地面上。一条干涸的支流上有一群挤在一起的海鸥，伴随着一片缓慢飘动的云彩被推向一边。在那些腐烂的死鱼上撒满白色的乌鸦粪便，上面插着红色的柳枝。石子上散落着一个个空弹壳，枪声响在别处。屋内一把椅子上方挂着一件衬衫，落山的太阳透过最上面的扣眼缝闪着光亮。那个在一只飞经这里的鸟儿（或飞机）的影子里大吃一惊的房间。“非常欢迎，你们这些笑吟吟的死者”：然而只有自己的记忆在额头后的大脑里微笑着，太弱了，无法接回那些像歪斜的布袋一样短暂出现的死者。你呀，这条河流。你呀，这座房子。（呼喊。）在敞开的窗框外面，站着那个干活归来的朋友。一片片小水洼中，树叶在打着转转。就连那些草茎看上去也像是落叶。

索尔格动身离开北方这个低地平原的前一天，也是发现这块大陆的纪念日，是个一年一度的节庆日。时间几近十月中，清晨，河水拍打在从河岸斜坡下伸出来的细小的冰凌上，发出噼噼啪啪的响声；冰上散落着一些竖立的冰雪晶体；水面上那许许多多的小雪团是那些依旧随流漂浮的海鸥。

在一个废弃的、已经倒塌的小屋旁，长着一棵桦树，树干上一个残留的篮球网被一阵劲风甩到了铁框的上方。河边有一条条小沟，深色的风影犹如一个个在水下漂移的浅滩在那里移动。那些白色树干上的斑驳暗影后来常常让索尔格想起那只猫，它头藏在皮毛里，卧在窗口那张桌子上，显得那么亲密。一只家养动物也只能如此亲密了。

劳费尔还睡着，头像那只动物一样藏了起来。半夜他从床上起来，在外面起居间里到处转悠着。回卧室时还问东问西，说话时只动笨拙的厚嘴唇（这让坐在床上的索尔格想起了自己的兄弟），而不动舌头，每发一个音都要快速地闭一下眼睛（不是只眨动眼睫毛），就像他说谎时做的动作：直到这时，索尔格才发现，这位朋友在梦游。

看他现在的样子，好像还要睡很长时间。此间，风在他那些沉沙槽里添加着收获。看着他和窗口的那只动物，索尔格又找到了自己（那样不经意地忘却的）对正在逝去的时间的感觉，同时发现前些天那没有自身重量的存在的缺失，对他来说，那些天犹如“按照他的时间”逝去的：然而对他来说，在所有那些以非暴力方式出现在一个没有生命和死亡的中心地带的图像上，缺少的——并不是对自己的感觉，而是对自己作为一种形态感觉的意识：直到此时，他才感知到这一形态，因为他目睹着那个蜷身而卧的人时，意识到了自己的关注，在他那双能够穿透那纯粹画面的、并非永生的眼睛的椭圆形视野里——意识是这种形态的感受，而这种形态的感受是宽容——不，他不愿意什么都不是。

索尔格和那只跟在身后的猫来到外面，它“这一天好像知道些什么”。河滩上，那些被河水冲下来的树木摆成了一个个圆圈，或者是偶然被水冲成这副模样，他在想象着。印第安人或许想用这样的圆圈将自己与这个节庆日以及可能因他而能想起的事隔离开来。整个聚居地在他眼前好似一个神秘的禁区，作为了解底细的人，他正在最后一次环游这个聚居地。

军用道路上的一根根通信电杆上确实时不时能看见图腾标记。路上烂泥中的轮胎印说不定就是一种神秘的印第安象形文字的图案；低矮的木头厕所上面伸出的一个个驼鹿角不过是在讥笑无权闯入这里的外人。“**是的**，我们敞开了大门”：在这个国家节庆日里，平日里超市门边常见的这句四处通行的套话有一种另外的特别含义。在疾驶而过的警车里（此前索尔格在这个地区从未见过一辆），一个占领国那一张张毫无表情无名无姓的脸招摇过市，这里的人民只有让自己的狗对着它们狂叫。“转转圈子，做做联想游戏。”索尔格对在他身后跑过来的猫说，它总是与他保持着一定的距离。

连孩子们也到校了；他看见他们坐在长长的低矮房子里，坐在那面涂了色的玻璃后面，不过一点看不见他们的面孔，只能看到许多圆圆的、浓黑的、突然让他觉得非常可爱的头顶。有人在用一支笛子吹着一首美国圣诞曲，声音很是刺耳——不是在练习，好像是故意吹错的。一个孩子走到窗前，面对正在抬头望着他的索尔格啪的一声吹破了一个口香糖的泡泡。他拐进了那个公用木板房，像以往常常做的那样翻着用铁链连着的通缉令相册：许多被通缉者都有在野外生存的经验，身上刺着“命定失踪”的文身。

目光转向墓地：几乎所有躺在这里的人都是年纪轻轻死去的。地面上有许多落球果，高高低低的，长着一小片一小片的白蘑菇。走进木头教堂歇歇脚：树叶纷纷从外面吹到座椅间，一直吹到摊放在一张桌子上的借书处的长条椅上方；风琴上摆着一本打开的乐谱；隔壁房间是教士的住处，里面飘出一团团油腻的早餐的雾气。拐过下一个弯，只见树木间挂着印第安人晾的衣服，全是深色的。一个个小屋的窗户后面，显现出主人的轮廓，他们的身材是那样矮小，即使站着最多也只能看到脖子：因而他不仅仅是从他们那里走开，而且还能够与他们道别。

风很大，他行走间上衣的扣子都被风解开了。风暖融融的，其间也裹挟着一股股寒气，吹到嘴里已经有了雪的味道。那只猫时不时停住步子，转动着脑袋，注视着一个个屋子里黑乎乎的身影。当他抱起猫时，它弓起身子向他脸上喷着寒气：它不能忍受在户外被人抱着。

在身后那只猫的陪伴下，索尔格又结束了河岸边的环行（最后从精力充沛的走动变成跑动），他心里嘀咕着：今天我第一次看见这些住户家四周围的院子，而且发现这个聚居地有一条环形路。

最近这段时间，河水水面下降了不少，因而浅滩之间形成了许多河中小岛，河水围着小岛旋转着，好像是被困在里面的一条鱼搅起来的："连这里也是这样的圆圈。"尽管看不见一个人影，但此时从河谷低处，到处传来人声的回音（无人的小舟在河岸的砾石上发出的摩擦声中夹着一只河燕的尖叫声）——索尔格看见村里的人好像头挨头齐聚在河湾里，像"伟大的水族之家"：这条河的流域，从源头到河口，"除了这里，其他地方都不值得一提"；这里简直就是"世界上唯一值得一提的地方"——仿佛就像在那些下降后的河水到处留在沙子上的文字中可以看出的那样（另一个河岸的边缘在"最后那条界线的那一边"）。

那是印第安人的声音，是从那没有人影的潺潺流水中传来的回声。然而，索尔格却认为（他没有听懂一个词）听到了自己的语言，听到了这个地区的特殊土语。这里曾经是自己祖先的故乡。他蹲下去看着猫的双眼，它退着躲开他；当他试图去抚摸它时，它跑开了。它好像反感人家在户外这样对它，逃开的动作和一条狗差不多。

他脚下到处是干涸的岸边淤泥，活像一片由近乎规则的多边形（大多是六边形）织成的大网。看着这一条条裂纹时，它们渐渐开始反过来影响着他，不过并没把他肢解得像地面一样，而是将他所有的细胞（此时才能够体验到的空虚）聚合成一个和谐的整体：从碎裂的地面上，有某种东西飞向这个男人，使他的体魄变得强大、温暖和沉稳。他一动不动地站在那里，望着那幅图案，想象着自己就是一个接受者，接受的不是什么消息或信息，而是一种双重的、在他脸上分属两个不同层面可以接受的力量：在额头上，他也真真切切地感觉到那别扭的骨头消失了，无非就是因为在他的意识里，除了这个障碍之外，再也没有了任何别的东西；眼眶以下的平面——与地面几乎成直角——重新获得一张脸的各个特征，有一双人眼，有一张人嘴；每样东西自成一体，但并未被意识分开；他的的确确感受到那垂下的眼睑的拱形是接收屏。此时此刻，那垂得越来越低的脑袋并不意味着自我放弃，而是意味着坚决果断："我正是做出决断的人。"他向上望着，似乎已经为一切做好了准备；伴随着每一道目光，应允而来的是别的目光，在空虚中同样如此；但愿能够首先对那些目光产生影响。

这时，河水刷刷地流淌——那些灌木丛又发出窸窣声，那么引人注意的轻柔，就像他到达这里的那个夏日一样，是这条河流当时展现的第一标志。

这个从地上站起身的人并不沉迷，只有内心的平静。他期待的不再是顿悟，而是均衡和持久。"我的脸什么时候才能画完呢？"他可能会说，他为此生而感到高兴，赞同自己的死亡，爱这个世界；他可能会注意到，在这样的和谐氛围里，河水因此流得更加缓慢了；草丛闪着光亮；被太阳晒热的汽油桶发着声响。他看到身边一根亮红色树枝上有一片孤零零的柳叶，并且明白了，在他死后，在所有的人死后，他还会出现在这片大地的深处，还会赋予他此刻四处观察的每样东西这样的轮廓；为此他感受到一种使他超越了所有树冠的幸福：与此同时，他的脸作为“表现这种幸福”的面具留了下来。（后来甚至还存在着一种希望：那就是知道一些东西的感受。）

抓住这个瞬间吧，索尔格“这位英雄”放下了原本打算作为这个地区的纪念品装进衣袋里的石头，快步穿过那延展草地的草丛，朝三角山墙木屋走去。那只蹲坐在屋前的花猫又一次忘记了他。有一次，劳费尔曾说，他“或许会更长久地生活在这里，但还是要回到欧洲去死”。他为什么这么说呢？

这时，劳费尔投来一种盛气凌人和像无赖一样的目光，迎接着这个走进屋里的人：他留在了另一个人即将离开的地方。他脚穿白色短棉袜，身穿一件鼓起来的衬衫，裤子后兜露出一块格子手绢和一双分指手套——和一个地地道道的当地人一模一样。所有的想象四散飘去，怎样去告别，这让索尔格好心烦：比如就像一些人要离开一个地方，而其他人还在睡觉时，那么难道就没有可能无意地、作为沉浸在梦乡里的人离开一个地方吗？突然间有了**这样**一个想法："今天晚上为我辞行，到天亮时，如果你还躺在床上的话，我就去坐邮政飞机。"

就这样决定了，白天一块儿工作。也就是说，一个人正式邀请另一个参与自己的工作，最后他们统一了意见，一起去航拍。

租来的单引擎飞机在河流上空飞得很低，甚至连地表植被下那些暗色小冰晶的轮廓都能看得见。虽然索尔格以前常常从空中观察这个地带，然而直到就要离开它的现在，他才想象出一个特别的形状。他将这个基本上不成形状的平原看成一个多肢的躯体，那躯体还有一张不可能混淆、独一无二、此时此刻倾情于他的脸。这张脸显得丰富、神秘而令人惊奇：丰富不仅在于形态的多种多样，而且还在于它显露出的永不枯竭；神秘在于那不计其数的个体形态近乎无名无姓，它们总是奇异地让人想起（或预先认知）一个人类世界，犹如一个个呼唤着要获得名字的小形态——那么，这张脸上令人惊奇的是，每每看去时，那在其中汹涌澎湃的水流就会扩展开来：想象从来都是靠不住的——那宽度每每都是一个新的事件，哪怕你只是将目光短暂地移开；它的确是不可思议的。

索尔格很快便将拍摄忘在了一边，而让他把河流看成一张脸的轮廓的是那种切身的感激，甚或是惊叹，一种现在才能感受到的对近几个月爱的工作区域的惊叹。**那一个个马蹄湖，一个个泉源锅穴，一个个槽谷，一个个熔岩滩或冰川源头出来的冰河乳浆**：在这里，在“他自己的”地区上空，他懂得了这些如此流行的形态名称。然而之前他却常常觉得它们是不可容忍的儿戏。就像他在这里体验到一张脸一样，其他研究者在他们的区域也就可能看到一个个好似虔诚的梦幻屋宇，有**柱子**、**大门**、**台阶**、**讲坛**和**塔楼**，还配有**碗**、**钵**、**勺**和**祭锅**，比如那屋宇就坐落在一条喇叭状的小谷地里。谷地两边或许镶嵌着串串小丘；他此时很有兴致地为每一个形体的类名称再添加一个亲切的专有名称——因为地图上那些为数不多的名字或出自该地区短暂的淘金史（“幻影峡谷”、“无功湖”、“冻脚山”、“半美元溪”、“恐怖岛”），或纯粹以数字作名称，如“八里沼泽地”后面的“九里湖”，“九里湖”前面的“六里湖”。一些印第安地名堪为典范：“小痴狂山”北边的“大痴狂山”，或穿经“小风谷”消失在一个无名沼泽里的“大无名溪”。

虽然河水冰得即便在夏日里人也不可能下去，索尔格面前却突然冒出一个场景，他正在河中戏水、潜水、畅游。曾几何时，这些河流不也是一个个神的化身吗？“丽水。”他说，随后觉察到自己刚刚为这条河命了名。（被截断的一条条蜿蜒曲折的支流犹如一条条彩带在下边翩翩起舞。)

他从来就不相信自己会爱上这种景色，甚至不相信会爱上景色——在出乎意料地喜欢上这条河流的同时，他此刻还感受到那独特的历史：它并没有终止，并不像自己那一个个噩梦或仅仅是一个个观念蒙骗了自己那样，这历史随着滚滚流水的宽容在继续前行。面对这丰富的景色，自身极其富有的意识犹如一支欢乐剂唤醒了他——也迫使他立刻并且不断地舍弃它，否则他必定会窒息而死。

他的下一个念头是，现在自己完全有能力掌控住规划已久的论文“论空间”，于是他对劳费尔说：“完事后我想请你给欧洲打一个电话，我付钱。”劳费尔先前给飞行员讲解了航拍相机，这时飞行员正给他讲着各种仪器。

当地的公用电话安装在滑行区对面一个飞机库里。穹顶机库后部的一个角落里修了一个没有窗户的板屋，就像一个一直住着人的屋子一样，里面摆着一张配有台灯的桌子，一张铺着狼皮的床，一个书架和一个小铁炉（要过电话到电话接通总是要等很长时间）。这个隔间有两面是借用机库的铁皮墙，电话机作为显而易见的公共用品安装在其中一面墙上，而进小板屋的钥匙要到村子另一头的超市里拿。

当初，索尔格经常开着吉普车来这里，这也是因为他喜欢在这间昏暗的小屋里坐在桌边等候。在远隔大洋的线路终于为他接通之前，每一次都会出现卫星传来的沙沙声，随之而来的是远隔重洋的画面。这种短暂的沙沙声使这个已准备好说话的人突然置身于一种莫名的激动之中。随着他的第一句话，这一端的人因激动名副其实地向另一端的人“呼喊”起来。然而到后来，即便是在说话时，也常常只有神思恍惚：另一头的声音即使再清晰，也会在说话间显得越来越远，而且屋子里除了电话中的声音从未有过其他声响（或音乐声，或狗叫声，或什么背景声音）；打电话的人将自己看成被禁锢在电话线前的人，将自己的声音当作耳中的回音；挂上电话时的沉迷之感就称作“非真实”。

就这样，随着时间的推移，越来越被这个奇异的空间所吸引的索尔格习惯了只陪着劳费尔来这里，边等边喝酒，边等边下棋。后来成了一个共同的习惯，索尔格请这位朋友打电话，而劳费尔则邀请他一同前去跟着听。

在欧洲早已是白天了，而他们在这里却坐在漫漫夜色中的小机库里的小格子间里。唯一陌生的声音是电话机里面偶尔发出的嘟嘟声，不过那是针对其他人的；在另外一个“村镇”里；在一个另行标注的荒野地图网格里。

后来，索尔格根本就不去听沉浸在电话机旁或问或答或讲述的劳费尔的话，只是看着他被卡进角落里，贴在电话机旁，或地地道道的说话人，或地地道道的听话人：这位朋友随后摆脱了男人对男人时的那种近似畏怯的举止，显示出自己到底是个什么样的人。

对索尔格而言，在“八英里村”（距北极圈的距离）的最后一夜变得非同寻常，尽管并未发生任何不寻常的事情。先前他曾有过一些想法，在很长一段时间里也顺带思考过它们，现在一定要使它们更加清晰起来；它们关系到一种责任——不是被疏忽的责任，而是一种渐渐到了履行日期的责任；因为履行这种责任将会要求他做一些无法想象的事情，所以，在一次经历非凡的第一夜里，他在感受着自己，却对此没有确定的图像。

索尔格偶尔也会有兴致忙活点吃的。他在准备晚餐，也跟他的朋友和那个印第安女人一起做。晚饭后，他们三人围着桌子坐下打牌，牌是从一个散发着清新气味的新盒子里取出来的，是印第安女人带来的送别礼物。纸牌上印着乌鸦、鹰、狼和狐狸，王牌上这四种动物围成一个大圆圈，圆圈中间是一张印第安人的脸。

三角山墙木屋里有一个枝形吊灯，装着几个又长又薄的锥形玻璃灯泡。在它们发出的光芒里里，每个人都看着自己手里排成扇形而闪着宁静光泽的淡色纸牌。通向所有房间的门都敞开着，就连阁楼暗室的门也开着，整座房子里的灯也都开着。那只猫蹲着，眼睛盯着索尔格装好的箱子，摆动着耳朵，不时将尾巴从这一边甩到另一边；它微微亮出自己的爪子，好像那是它的指甲；它将前爪缩进身下，最后进入了梦乡。

劳费尔的下巴泛着光。他穿了一件丝绸衬衫和一件缀着金纽扣的黑色丝绒马甲，系在上臂上的饰带使丝绸鼓了起来。他在这里第一次穿上了从欧洲带来的低帮鞋。鞋子在桌下不时发出吱吱嘎嘎的响声。在这之前，鞋里塞的只是撑鞋物。他剪了鼻毛，挺胸昂首坐在那里。他从不甩牌，每次都是用展开的手掌将牌放下。如果赢了牌，他会露出毫无恶意的喜色，输了时会面带愤怒的威严。他自己内心的克制力和外露的豪气表现得十分完美。

虽然他们坐在一张没有上位下位之分的桌子旁，但印第安女人俨然是圆的起点。她不在两个男人的左边或右边，而是两个男人坐在她的两侧。正是她，让人迷醉。她打牌时全然一副干她本行时的姿态，她就是这样分发药品的：发药品的动作随意灵巧，从不间断，仿佛有许多只手在工作（而每次分别从其他人那里收取归她所有的东西则被看成是一种感激）。她的妆容和佩戴的饰物（脖子上挂着一个玉石护身符）

给人一种印象，她不是一个印第安女人，而是一台深色而危险的、具有神采奕奕的身影的机器；只要她低头把那双人的眼睛投向纸牌时，这台机器便从那空空的黑边拱状眼睑中发出凝视的目光，将整个空间都收在眼里。

“是呀”（用这唯一的一个词，索尔格终于认为自己长时间以来只是如此思来想去的事情是一种责任）：劳费尔在某些时刻的确曾是自己的朋友；而和这个女人，他们刚才还紧紧地贴在一起，他和她那实实在在的身体，如胶似漆的身体——然而，他，一个单身汉，一个又要启程离开的人，一个“陌生的家伙”（一种令人作呕的蘑菇的名字），以一个“朋友”或“情人”的姿态闯进这两人的联合体，这是何等肆意的行为啊。

索尔格并没有预先切身感受到这二人的联盟，而是此时此刻才感受到；他现在就眼睁睁地看着这对已经成双的情侣：这个出色卓越的大地形态研究者和这个非凡绝妙的畜生。

没有人问他为什么笑：他们也知道原因。接下来的时刻自然将还在继续玩牌的索尔格置于一个正在发生的史前事件里：河流中，有一座微微上升的狭长小岛，看上去很独特：岛的中心下陷成一个小小的近似圆形的坑，一片针叶林茂密而幽暗地从那里长出来，其余四处都光秃秃的。

或许这个锅状的坑穴是由一个地下洞穴形成的，索尔格一下子，但同时又梦幻般地缓慢陷入其中，而两个牌友刚才还和他一起处在齐眉高的地方，现在却清清楚楚地上升到他视野的上边缘上。坑穴里已经长满青苔，树木间立起一只只黑熊。

索尔格就像取得胜利似的来到外面。他在窗户透出来的光中走动着。外面没有其他光线，连一颗星星也没有。起先他还看得见两人坐在桌子旁边，后来灌木枝条伸进了渐渐远去的发亮的四边形：仿佛那一块块玻璃涂上了污物。"请你们忘了我吧。"他不大看得清眼前的东西——时而能看出一个浅色的石头轮廓——因此只得用脚和胳膊肘摸索着往前走。连一点嘀嗒声都听不到，只是偶尔传来一声轻微的摩擦声。

后来，在一片漆黑中，再也没有任何东西单独显现出来；再也没有了任何图像，终归如此。所有这些相互衬托的平面，不管它们显现出什么颜色（该不会还有"婚礼颜色"吧？），还让他想到了死人：他仿佛在凝望着那里面的逝者。这时，他看见河流在这种黑暗中奔涌的地方：淡薄的黑色之上茫茫一片。正像他所崇敬的一位画家曾说过的一样，这些形态现在就是他的"表现者"，然而却没有"他的窘迫"，没有"他的羞愧"；因而它们看上去更像是他的

“造型师”。

要合乎规范地描述一个作业区域，尽管使用了所有独立的专业方法，可索尔格的科学还要求运用最后一个特别的技术，它被称为“概览”。面对黑中之黑显现出来的极地之夜，这样的一种概览自然会显得无章无序，没有所要求的客观：另一种宁静在他的内心具有决定性（他真正体验着中心和深度），同时超越他自己而延伸，使他的手掌（轻轻张开的手指）发热，让他大脚趾根部的肌肉鼓起，让他感觉到自己的一颗颗牙齿，并将他作为一个整体变成一种物体，这种物体成了一种所有感知的器官，完全朝向外界：一个愤怒之极的人用“美妙”这个唯一的词语可以表述的平静征服了这个在黑暗的地带里观望自己的人。

在这黑暗中，这个人不仅回过头去，而且肩部和腰间也在松弛地绕着自己的轴心旋转。他看出来了，自己的生活必将变得危险重重。他没有看到那些危险，他预感到了它们的存在；他不可能去寻找它们，因为它们是必然来临的；他预感到了无可避免的孤单和持续的远离。所有这些预感接踵而来，却形不成一个清晰的预见；它们汇聚成一种感觉，那样具有冒险性，仿佛他刚刚离开了自己所有的爱，没有了任何回转的可能性；他沉迷在永远的孤单中，大声地欢呼道：“没有人知道我在哪儿。没有人知道我在哪儿！”（月亮出来了片刻，被训斥了一顿。）

这时，在他旁边，有人在黑暗中抽泣，像一个遭到遗弃的小孩。或者是一只大型动物的鼻息声？

然而，那只是一个离得相当近但却不在视觉范围以内的人清嗓子的声音。他这样做是想表示他没有恶意。于是两个谁也看不见谁的人之间有了如下一段对话：“你好，陌生人。你今天晚上感觉怎么样？”索尔格：“谢谢，很好？您好吗？”说话人：“短暂的秋天。燃料用完了。”索尔格：“下面河边不是放着一堆木头吗？”说话人：“不错的河流。美丽的夏天。漫长的冬天。这位先生大概不会在意二十五美分吧？”（一只手，温暖得就像自己的手，取走了那枚硬币。）说话人：“上帝祝福你，伙计。绿色的北极光，顶端是黄颜色。你从哪里来？”索尔格：“从欧洲来。”说话人：“我得给你讲点什么：永远也别太长时间看着雪地。你会因此变成瞎子。这种事已发生在我本人身上。再来一个故事好吗？”索尔格：“不用了，谢谢。”说话人：“你曾经是受欢迎的，我亲爱的。别吃太多的肉。再在这里好好待一段时间。照顾好自己。要为自己感到高兴。祝旅途顺心。尽快和家里联系。”

索尔格不知道此人是印第安人还是白种人，是男人还是女人，他听着这人在黑暗中离去，然后七拐八绕地快步往回跑，但还可以把握得住路、方向和自己的身子。他回到村子，回到三角山墙木屋，屋子里另外两个人站在窗户旁边，没有回头看他：好像他们根本就没发现他曾离开过；或者说他确实已经被忘记了，因而他此时必须得斥责他们——印第安女人肩膀上，两只玻璃制的狐狸眼在凝视着他。

再没有什么好说的；被那光滑的女人用双手最后一次拉到身边，又微微笑着推了开来，而且被一种惊异的目光扫过。在此期间，她的整个脸似乎在变大，脸上没有一点表情；将站到他们身边来告别的朋友抱了起来；然后自己离开，去突然间（但很短暂）寒气逼人的夜色中的隔壁房间躺下睡觉，带着责任感（“邮政飞机”等）。

索尔格在睡梦中一直在等着一个人，可他没有来。他醒过一次，看见那只猫蹲在屋子角落里：“小家伙，巨大无比的动物。”他平心静气地和它攀谈，呼唤它。它走上前来，把头拱到他的下巴底下：它要生活，他想被自己最好的朋友忘记并走向毁灭吗？他突然把那只动物称作“孩子”，爱抚着它（他的胳膊因爱而变得强劲有力），把它称作亲爱的，因为它的颜色：“黑白！”

睡梦中，索尔格的大脑变成一幅世界地图，他作为夹裹着许多石头的土堆醒来。天蒙蒙亮时，劳费尔躺在原以为是空着的床上，闭着眼睛，一副满怀恶意的怪相。提着箱子从无神地盯着某处看的猫身边走过，它不再有任何认识他的表示。他将许多东西留在了这所房子里。“我走啦。”

邮政飞机里，索尔格与几个马上又打起盹的印第安人坐在后面。太阳从无边无际的原始针叶林中升起时，他看到一片桦树叶闪着亮光，叶子的黄色令人气爽，他想着那个印第安女人（“那下面有一个可爱的女人”），出于一种难以确定的好奇站起身来。这好奇随后变成一种饥渴，不是对什么触手可摸之物，而是对未来之事的饥渴：他在感受着“未来”，没有任何具体图像的未来。在这样一种没有图像的暖洋洋的想象中，他看见飞机驾驶员扭过头来，从他的唇形中解读出这样一句话：“我们必须返航。”

返航的原因是南边山脉后面的高原上这个冬季的第一场暴风雪。那个更大的聚居地（从前的一个淘金人聚居中心）就坐落在那里。从那里可以乘坐喷气式飞机继续飞。驾驶员驾机返航飞着“8”字形时经过的区域里，下面的地貌都变了形：一个沼泽湖的圆变成一种令人昏昏欲睡的僵物，一条条蜿蜒曲折的小河被沼泽绿所覆盖，只是偶尔某个地方才有粼粼波光泛出。山坡上一条条长泄水槽本是春季融化的雪水在石子中掘出的又长又直的宽带，现在却折向各个方向。飞机恐怕第二天早晨才能再次起飞。

着陆后，索尔格在小小的滑行区边上停住脚步。他提着箱子竖在那里，就像耸立在一个哈哈镜室里，两条腿粗壮短小，脖子长得超过了耳朵。在他离开的这段时间里，无非也就是飞机在天上绕了一圈的时间里，村子似乎整个儿变成了一个陌生人不得入内的“工厂”。他坐在箱子上，以村子的身份在嘲笑自己，嘲笑索尔格。他还从未回到过这样一种非真实的境地中来。怎样避免被人看见呢？他站起身来，迈步走开和改换方向时一个劲儿地耸着肩膀。还能再走哪一步棋：赤裸裸的房屋墙体那些失真的颜色；虚假的河流那失去神奇之力的水。这样的破损十分普遍，如今显得肆无忌惮和毫不掩饰，因而，这个愚笨的受骗者的嘲笑弯弯曲曲地爬在脸上。

不知往何处去，在这种情形下，他是很危险的；不是进攻者，而是送上门的牺牲品。

在踌躇而行的索尔格前面，在狭窄的小路上，一个似乎没有年龄的人往这边走过来，和他走得一样缓慢；并未沉浸在深思中，但也没有观望任何东西——因而他那缓慢的走动渐渐显出古里古怪的样子。他没有四下张望，只是一再略略显露着自己的侧影，看不见眼睛，就像有时候狗从身边溜过去那样。最后他来到近旁，从袋子里扯出一根固定在手腕上的链条，拳头攥着那沉甸甸的家伙径直朝“我！”而来。

就像没有年龄一样，这个男人也没有种族。眼睛呈浅色，没有中心，似乎就看不到有目光。他每次弯腿时，似乎都要将嘴咧向一边，可是他没有微笑。当他（“果真”！）挥起铁链时，两个人都没有了脸，整个世界的面目在这一刻都扭曲变形了，悲喜交加地没有了脸。

“亲爱的兄弟。”醉汉将链条抡向箱子，箱子立刻破裂开来。醉汉随后瘫倒在上面。

索尔格推开醉汉的身子，用胳膊夹着自己的东西，径直向以尘世间至美的方式召唤着他的三角山墙木屋走去。这时，他是那样愤怒，是那样憎恨所有的人，因而每一个动作都是以直线进行的。房门紧锁，他直接坐在屋前的木墩上。一片落叶碰到了他的后脑勺，犹如一只动物的爪子。可那只猫在房子里面，在一间间清冷的房间里溜达着，不时有一个棋子暗示性地分散着它的注意力，它在忙着做出自己的反应，这些反应让它打发时间。屋外台阶上的这个男人被不情愿的百无聊赖羞辱着——此间，他脚边摆着那个让人想起浴场更衣室门前踏板的擦鞋垫，还有放在旁边的足球，它们似乎也在为讥讽添油加醋，好像也在诅咒人。

这次攻击并未伤着他，而是大大羞辱了他；这不是殴打，而是一种对他的人和物的蔑视——似乎有一个声音高声讥讽道："你和你的照片。你和你的绘图。你和你的'论文'。"这时，索尔格才给予还击，向空中挥出拳头。对于一个无事可做的人来说，已经不再有北极地区，只有一如既往的寒冷且灰蒙蒙的天气。在这个空间里，在一座座小屋底下，他这个闲汉看到的只是生锈的破烂，而不是"劳费尔的静态小地貌"—— 关于他的工作，他原以为唯有自己知道其秘密。然而在此期间，那些工作却由一个不知是谁的人在实施，由某个人在干着许多事情的同时顺带完成的。当那家伙举起铁链准备动手打来时，索尔格死去了片刻，现在他又活了。然而那种无形之感并未减弱：在每一个瞬间还是一个无限量时，下一个无形之点又已经在其中搏动了——正如在一种恶性的疼痛中，它既是点状的，又没有终止：作为点极为沉重，而作为无限量却几近失重。那个印第安女人又成了"另外的种族"。在所有可能的插曲中，她最终只会期盼着他的毁灭——"你呀，劳费尔，欺骗其他人（处于自身无形状态中而骂兴大发的索尔格说），其根源就在于他们的社会，无所谓属于哪一种，让你感到深深的厌倦——另一方面，你不想向任何人展示你自己：因为你或许和蔼可亲，心地善良，怜悯每一个生灵，但归根结底是一个厌倦了的家伙。"

这时，这位怒火中烧的演讲者终于意识到自己是一个怪物，一个有点小小的喘息空隙的怪物。他抬起目光，看着那片水面，它仿佛在观察着他。这平坦的大地过于寂静——而索尔格此时期待着爆发，甚至有一种顷刻间经历一次山脉形成的需求，或者至少感受一下一块石头从山岩爆裂而出。他跳起身来，将那只球踢向房子的墙，用力非常猛，球在弹回时呼啸着从他耳边擦过。接下来，他继续踢着，也不喘口气，直到他眼前的那些小石子像一朵朵花似的发出光亮，直到觉得独自踢球的自己十分可怕。

他停下来，注意到水面上方那些向后排成阶梯的低云。它们呈惨淡的亮色，底部不像往常那样平平展展，而是圆形的，挂在那里一动不动。一阵风从这片大地的深处吹出来，浓密的雪雾突然间从云中落下，不是同时从所有的云中落下，而是以极小的间隔先后从一团团云中落下。天际上还有纷乱的暗色在涌动，好似一群飞蝗，那是些从云团里剥离出来的奇怪物体，像一连串雪崩扬起无数粉末，到最后，在近前处，一股短小但却强有力的白色波浪夹裹着一种干涩的轰鸣扑向那座房子和这个站在房前的人，而整个河域已经不再有一片雪花飘落。

紧接着，风停以后，单调的灰蒙蒙天空下开始飘起雪花，密密麻麻，均匀缓慢，弄得人嘴唇一阵阵发痒，屋子周围变成一个院子似的空间。明亮的欢快！可爱的汗水！这个呼吸还不顺畅的人快步跑了出去，跑到又重新获得的空气中，欢蹦乱跳地围着屋子转了好几圈，犹如身在永恒的孩童时代似的高声呼喊。不久连那个可爱的同事也来了（隔着老远就看见他站在满是灌木丛的平地上）。他很吃惊。在一种悲伤而形态完美的新友情中，第二天天亮前的一个个小时过去了。第二天，瓦伦丁·索尔格提着另外一个箱子，离开了这个没有名字的、已经笼罩着冬日曙光的地方（劳费尔和印第安女人的两双眼睛此时可是清清楚楚的），飞回那有着各种名称的世界。几年来，他大多数时间都生活在那个坐落于这块大陆西海岸边上的大学城里。那里有一条非常宽阔的大道，重要的是大道两边有一个个加油站和购物中心。大道的名字叫“北极光路”。

2 空间禁地

索尔格住的房子和一些相似的小型建筑物位于一个松树林里，坐落在太平洋一个平坦的海岸边上。大海和这些房子之间没有公路连接，只有灌木丛和一个个青草覆盖的低矮沙丘。一条条分割森林的道路成直角伸向大海方向，到沙丘前已是尽头，再不通往任何地方。从那里望去，所有的房子似乎都建在林子深处，每座房子都有一条自己的通道，这条通道都划出几个相连的弧线绕开林木。这里的土是沙质的，那些低矮的深褐色松树旁边是一片自成一体的亮黄色海岸草滩，草长得很高，跟草原似的。借助风力的搬移，有几溜沙丘伸进林子里，在一些地方形成了浅色的土堤，又有新草在上面安家落了户，而根扎在旧土中的那些树干则从土堤中探出身子，大都只有一些干枯的粗枝。随着岁月的推移，所有这样的沙丘由于植物的覆盖停止了移动，作为这个地区仅有的几个小山包，它们和那少见的森林草地一样，成了孩子们的游乐场。森林草地里的草又密又茂盛，几乎无法用割草机去割，因为到处都长着树。虽然从每一座房子看去都至少能看到另一座，但由于被森林团团围定，这些房子犹如一个个隐居者的小屋；它们虽然抹着一种浅色粗砂浆，但只要敲一敲便可断定是木建筑，这是因为一直存在着地震的威胁。在十年前的一次强烈地震中，相邻一块不太高的海岸连同那些修建在上面的带石膏花饰的别墅滑进大海里，加上它的平台台阶和一条条又被各种植物覆盖的横向裂缝，那里如今已成了一个无人居住的“地震公园”。

坐在飞机里时，天在很长时间内还很大。回味着与留在那里的人的情意，索尔格心里暖融融的。他觉得自己和那些人犹如被铭刻在了北极那面山墙的三棱面上。飞机一起飞，他便默默地对自己说：“上一个夏天和秋天我在北极地区。”西海岸属于另外一个时区（晚两个小时），他是在一片昏暗中到达的。刚才他还看见那条孤寂的河流里翻滚着浑浊的泥浆。他和许多人同在旅途中，那些人并非长途旅客，而是与他一样，仅仅是被不同的飞机送上去又放了下来。降落期间，也就是飞机从冰雪覆盖的山脉上空，飞过地势明显缓缓下降的丘陵地带，降落在那宽阔的、闪烁着运河波光的海岸平原上时，他看见了海洋雾霭中的落日——在一个机场大厅的人造地面上，他从一台台小型电视机的后面走过。它们与那些蛋形座椅以及坐成蛋状的看客构成了一个整体。尽管他已经在这里生活过很长时间，但直到这次返回这个犹如自我管理的大陆的“低地地区”（北方居民对联邦其他区域的叫法），他才看到了一个国家的强劲有力，灯火耀眼的机场大楼给他一种军事禁地的感觉（尽管看不到士兵）。

他眼中不由自主地出现了两种目光：他先是在等候在出口的人群中寻找“熟识的面孔”，尽管谁也不可能知道他到达的时间和航班——然后四下张望寻找那个穿着很短的裤子和白色硬帮皮鞋的男人。那人早晨和自己同乘邮政飞机，每次转机上的又是同一架飞机；他们相互之间没有说过话，但却一次又一次地会心一笑。索尔格很喜欢这个想法，从现在起到这几天结束为止，而且总是出于偶然，相互不说一句话，他俩将都同路。他有意慢慢向出口走着，以便有人（是谁无所谓）能看见他，来接他。

后来他让出租车停在住宅区边上，步行走那最后一段路，不时能走进一片灯光里，那是房子的灯光透过树木间隙投到原本一片昏暗的路上来的。那些林中房屋显得很安静，同时因为到处亮着灯又显得很喜庆。他走在还不大习惯的沥青路面上，与此相一致的是，他依然想象着自己浑身透散着无名氏的气息，隐没于在到达区和出发区之间纵横奔忙、和他一样不受任何国籍约束的一群群世界公民中，而且因为对他这个来自另一个时区的人来说还没到夜间（也因为他数小时的飞行时间大多是在云层以上的明亮光线中度过的），他的眼睛感受的还是白天的光线，因而他眯缝起眼睛看着那一片昏暗，似乎这种昏暗是人造的。

他在邻居家取他的邮件，在那里将带给孩子们的玩具雪橇放在已经入睡的他们床边，然后返回像在其他各地一样按工作间布置的自己的住处去看信。在外面，几只狗冲他狂叫了一通。他朝天空望了一眼，奇特的是这里新月的形状与许多个小时前（晨曦中）挂在相距那么遥远的地球另一个地区上空的没有差别，这让他心中一动。

信很多，带来了很多消息；大部分是友好的；或者说是客观实在的，没有威胁或敌意。有几个人眼睛看着那风景心中思念着他。他们想让他这个“相距太远”的人离得近一点。

屋子里所有的窗帘都是拉上的。他穿着还扣着扣子的大衣坐着。一个高大宽敞的玻璃柜里摆放着一堆堆岩石碎块，似乎它们就是这样成堆地直接从自然界滑落进这个房间，停留在橱柜玻璃后面。装在玻璃柜里上方的一根淡青色氖光灯照耀着那些岩石，发出低微的嘶嘶声（这是唯一的响声)。一把椅子的椅面上有几处隆起，那是数月前有人坐在上面时留下的。昏暗的隔壁房间的门敞开着，里面竖立着一个形似消防栓的床杆的黑影，一只猫立起耳朵在上面蹲了一会儿。

那些信件连同空信封被横七竖八地随便扔在底部装有灯的玻璃桌上，堆成一个松散透亮的纸堆；一些信立在那里，犹如一个纸牌房子的一部分，闪亮的信纸切口和破裂开来的信封边对着这个收信人。他不再欣然平静，不过只是还悄无声息地坐在那里。不再有伸手摸得着的物体，而是他四周最后那个他能够为其命名的东西——除此之外只有帘布，不是柔软地垂下，而是僵硬地朝他拱起。

在开房子大门时，甚至是在从路上拐进来时，一直在刮的风不是就已经突然间停了吗？没多大工夫，喘息的宁静化成了麻木。有个人挺身端坐着，同时也倒下了，却不像通常倒的人，起码会平躺着。“那个人”一动不动地坐着，而那个倒地的人的平面将他横着分割了。

索尔格没有了鲜血，仅仅还有燥热，在这个回归的夜晚，他看到自己进入了这个西方世界，没有梦幻，畸形发育成一颗没有大气层的行星(喀斯特和怪异的空虚)，岩石般沉重，没有坠落；不是孤单地待在这个世界上，而是孤单得没有世界；而在他的心里——非时间——存在着星体和旋涡状星云，像是眼睛，却不关注他。他不仅遭到语言的遗弃，而且被所有的发声能力抛弃了；就像他内心无声无息一样，他对外界也保持着无声的沉默。没有任何声响，就连骨头的咔嚓声也没有。仅仅在幻象中能够旋转向一面峭壁，作为岩画蹲伏进岩石里。实际上，肌肉因虚弱在瑟瑟发抖。

“被强风的那一个个旋涡掠到了哪个出身的国度呢？”——于是，出现了那个索尔格觉得在其中看到了自己变得麻木的一个原因的画面：在那个“世纪之夜”里，在那些低矮空寂的“各个大陆的大厅”里，他远远坐在后面，像一个正在伴随着这个该诅咒的世纪，至少在为自己和自己的同类而痛哭的人——而同时又不许可他这样做，因为“责任在他自己”。是的，他连一个“受害者”都不是，因而也不可能与这个世纪的受害者联合起来进行**大诉讼**，并在共同苦难的陶醉中再恢复到能够发声的状态。他，这个“默默坐着的人”也许虚弱，然而却是犯罪者的一个后代，而且也将自己看成是犯罪者；而他的世纪那些种族屠杀者就像是祖先。

紧闭的帘布团团围着他，那堆信件像敌方的一块带有纹章的盾牌威胁着他。在这一时刻，索尔格发现，他怎样代表着每一个强加给自己的前辈，而且也根本用不着去装腔作势：他那神魂出窍的麻木重复着那些残暴的畸形怪物的麻木；他不仅在外形上像他们，而且与他们心心相印，与他们如此心心相印，就连他们自己也从来都不可能这样。没有命运，没有关系，没有痛苦的权利，没有爱的力量（那些信件无非意味着无序），他就只剩下忠诚：忠诚得成为崇拜死神大师的化身。他闻到那战争的气味，在自己的陋室里已经被战争团团包围。

然而，留心了这个原因，使他又重新找回了自己的语言。然后，他会憎恨自己，因为他曾经为那些行尸走肉而鬼迷心窍，仿佛他"与他们亲如一家"。憎恨中，他呼吸得更深切；把自己从那墓穴旋涡中呼吸出来了。"我再也没有父亲了。"他闭上双眼，在眼睑后面看到了那条河明亮的残像。他的语言是"游戏"，身在其中，他又变得"灵动"了：他站起身来，脱下衣服洗浴，在水下唱着一支很糟糕的歌，出水后完美地唱到头。他拉开了所有的帘布。

语言，和平的缔造者：它的作用就像是那完美的心境。这样的心境使得这位观察者感知到了外界万物的灵魂。那些树木间刮起一股旋风，一张完整的报纸随着树叶和碎纸屑在风中旋转着，飞动中甚至还有模有样地打开合上：它总是在黑暗中折叠起来后飞快地飘向窗户，可每次快到跟前时却掉转了方向，在越来越缓慢的飘动中（"为我"）又展开。那后面，野草像庄稼似的摇曳起伏。可以听到大海的声音，像一所相距遥远的学校里传出的嚷嚷声。索尔格可能一时间想起自己在欧洲的孩子，又打开了房子的大门，发誓永远不再关上一扇门。

他终于躺下睡觉了（之前，床曾经是一件遥不可及的东西），最后的亮光伴随着岩石柜里硫矿石的黄色，最后的光亮消失在眼帘后。他还想起来头朝着北睡（在三角山墙木屋里，他头冲着南睡）。

当然，他若有所失的样子，但“无可抵偿”这个明摆的事实却被淡化成一种对种种缺失不确定的感受。他没有忘记，麻木作为无法避免的命运，已经深深地烙在他的身上，成为他实实在在的状态。除此之外，其他的一切（说话、行动）都游离成一种非真实的装腔作势。

在他脚下的沙质土地里，像是有一条通向大洋的沟堑，那里出现了一个当年激浪拍打的礁石，是被史前的海浪从海岸岩石上拍打下来的：在这一夜里，这所房子缓缓地绕着那个轴心在旋转，像一艘木制方舟沉降在这块礁石上（陆地的尽头）。

索尔格应邀在邻居家吃早餐。从那里，他观察到，那个昨夜的陷阱在晨光中显现为留置的房产。

一棵松树的枝条从旁边悬吊在房屋的正面，高高的草丛里站着一只好似没有腿的狗，它长着一张怪人的脸，注视着在林木间滑翔的一只只海鸥。他离开期间，那些草都已经长到了大门跟前。索尔格和邻居一家坐在一个半圆形空间里，是起居室向外突出的部分，被阳光照得通亮。他知道自己在接下来的时间里会沉着镇定，能应对一切，有能力做好自己希望有能力做好的事情。他的眼睛在荒野中已经习惯了远距离，现在毫不费力就适应了围成圈坐在他左右的邻居一家。现在才回来，他带着一个地质学家的威严参与到邻居家的生活。由于经历了种种坎坷，他还略显疲惫，而正是这种微不足道的疲惫使他显得很有生气。

他不像以往参加聚会时那样常常心不在焉地想着各种不相干的图像，而是演绎着一出独一无二的、全面的幻想剧。这样一来，他就可以使自己周围的人处于当下的状态，把他们纳入自己的世界里。地地道道的全神贯注（更像是清心寡欲），索尔格在享受中甚至变得强壮了；这种对吃的快乐以无目的的占有乐趣（“特别”）打动着他：直至遥远的生命终点，他想要一味地去享受。在这个过程中，对自己的脸，尤其是对眼睛和嘴巴，他总有一种美妙的感受。而那些塞在裤兜里时而沙沙作响的纸钞却给他另外一种感受，它现在也加入其中。

“我们的邻居先生，”双手抱在胸前打量着他的邻居家女主人说，“今天看上去气色很好。”（她丈夫接着这个话头说：“就像吉星高照的有福之人。”孩子们蹙起眉头望过去，然后跑到户外，去和狗在草地上玩捉迷藏。）

麻木之夜过后的这个早上，索尔格其实比以往更为引人注目，作为行人走在人群当中时，他常常被误认作公交车司机、电工和粉刷工。身子似乎变宽了，面部神态平静，而且越看越显得平静，好像从来就是一个主角的脸（想到过去的那个夜晚，他有一种调整成功的感觉），双眼更深地陷进它们的孔穴中，蒙着一种全知的亮光。“是的，今天我的力量出自我自己。”他说。

和索尔格一样，这家人祖上来自中欧；和他一样，多年来生活在这另一块大陆的西海岸；在索尔格眼里，这对夫妻是他至今还可以相信彼此相爱的一对。他们的孩子与其说是正式的家庭成员，倒不如说是纯属偶然，是这一结合的见证。有时候他们就站在一边，惊讶地看着这对嬉闹的成年人。

索尔格对他们的第一印象是“两个不怀恶意的人”。他们肯定是不怀恶意的。不过后来证明，那是他们特有的善良：随着时间的推移，这种善良也转移到另一位不怎么和善、和他们聚会时不可能感受到恶意的人身上。这样感受着他们，可以想象出来，他们实际上当初是作为两个贫苦的一半相互走到一起的。表面上，他们常常显得头脑简单，而且由于智力缺陷甚至显得丑陋。然而，他们却给想象力以施展的空间，使想象力首先成为一种可能，并且在其中安身立命，成为地地道道的代表——几乎没有任何别的人会像索尔格一样，以如此安详的幻想（而不是封闭在那些司空见惯的幻想之中）让索尔格充满生气：作为美好的想象，从他们身上毕竟只能想到善良的东西。

丈夫是一个富家的后代，但却无能在举止方面显示其出身（即便仅仅在回应的神态上）。他或许是好心肠，但却很无助。在许多事情上，他既好心肠，又很无助，不过也会让人感到诧异，因为他突然会“施展魔法”，哪怕只是投去一道目光或说上一句话。他的妻子“来自乡村”，起初好像也是一个无遮无蔽的人，是从当年乡村四周那些破乱不堪的地方走出来的。在那样的地方，对那些一生一世都只能待在窗户玻璃后面的人来说，所能做的只有向在外面闲荡的陌生人无情地投去恶狠狠的目光。然而很快就不能这样看她了：她只是在执拗时才会表现出“狭隘”或“带着恶狠狠的目光”——只要另一个人在她面前掩饰自己的真性，她就会变得执拗。索尔格或许常常看见她“在窗户后面”，不过总是把她看成一个“友好关注的人”：是一个对所有的真性都怀着一种宽容的爱的人。不管在任何人身上，只要她再也看不到任何真性的东西，这种爱自然就立刻将他轻蔑地逐之一旁。然而，她投向另外这个人的目光（在这几年里，索尔格感受到了这一点）不是恶狠狠的，而是带着失望和受到伤害：一个以万物统领者自居的人又一次拒绝了她。她只是在看丈夫时才带着一种持久而洋溢着激情的体恤目光，哪怕同时也在指责他。有时候，索尔格发现这种目光也投向了自己（只是更加礼貌，不太那样率直，因而也更加有效力）。

无论在什么事情上都不起眼，笨手笨脚，慢慢腾腾——即使别的人都早已无精打采地等着她，她依然固执地埋头忙着本来是一起开始的事——然而她却是两人中有榜样性的人，她丈夫通过她才得以被确定为有自我的人。他，这个平平常常的人，这个常常没有个性的人（在这一点上，他自己也愤愤不平）当年是被更胜一筹的她发现的，并且只有执拗的她在场时，才会坚强起来，如今一如既往；没有她，他常常只会跟着第三者学舌或木讷地站在一旁。他妻子不奉承恭维他，但却会（自己十分骄傲）赞赏他，毫无条件地赞赏，因而他会丢开所有的内心矛盾，心存感动地信从她，把她当作“自己民族”的人信从。他也感动她，不过只因一个理由：她和这个人事实上曾被宣布为“丈夫和妻子”。对于他们个人而言，似乎已不受任何流行观念束缚的婚姻还依旧是一件圣事。在这件圣事中，那些“涣散的感官”被集中统一起来，强有力地展示出对另一方的关切，并使之变成一种用之不竭的生活形态。不过对索尔格来说，她身上那榜样性的东西在于，在她眼里，“这另一方”不仅仅表现为丈夫（他毕竟一辈子是她丈夫），而且表现为任何一个人，也包括一个外来人：对她而言，婚姻已经变成了形态。这种形态既为她保存着一种孩子般的率真，又同时使之表现为一种无拘无束的共同意识，与一个纯粹的成年女人的履行责任迥然不同。（索尔格常常看见她无所事事；她喜欢让人服侍，孩子们简单地称她为“懒女人”。）

这对夫妻没有任何闹心的事。没有任何迹象表明他们担心对方会怎么样。简直无法想象他们有一天会死去。对索尔格来说，他们其实不过是一家实实在在的对面住户而已吧？（丈夫有时捎带他进城，妻子常常不声不响地做着一些他正打算动手做的家务琐事。）他们的关系是从做邻居开始的，之后也没有突飞猛进的发展。他们也从未十分亲密：比如这一个从未向另一个描述过从前，相识之初，他怎么看他。索尔格连这个丈夫的具体职业都不知道，只知道“城里”有间“办公室”。他们也就是“邻居”，然而索尔格暗暗地把他们算作自己人；他对他们的想法常常以美好的祝愿结束，就像一封封信那样，而且他不想失去这个友好关系。

索尔格此前写过一些论文，一般都是对一个划定地区的总体描述，或是对彼此分隔开来的不同大陆上相同现象进行的比较观察。如果尝试写计划中的《论空间》，他恐怕不得不背离他那些科学的约定；它们至多有时能帮助他继续进行，因为它们能给他的想象一种结构。

好久以来，他就已经在探讨着，显然意识本身随着时间的推移，在每一个地区创造出自己的一个个小空间来，而且在看上去直至天际也不存在界定的地方同样如此。看样子，仿佛对这个更长久地生活在其中的人来说，会从一个让这个初来乍到的人看来无边无际的平面中涌现出形形色色的、相互严格区分的空间来。甚至在一个一眼就能分辨出被分割的丘陵或山地，一个人也可以持久地想象出（索尔格的经历就如此）完全另外的空间，与从那些巨大和显而易见的形体所产生的空间不同。

这也是他的出发点：在任何一个地带，只要意识有时间与它结合在一起，一个个独特的空间终归会展现在意识里。尤为重要的是，这样的空间并不是由那些立刻就进入眼帘的决定地貌的要素，而是由那些毫不显眼的、采用任何锐利的科学目光都不可能感知到的要素创造的。(这些要素之所以能够真的感受得到，是因为与那日复一日度过的时间息息相关，而这个时间后来在那个似乎由什么人居住的自然界里作为生命的时间流逝着——也许仅仅是在某一块地上一再绊个踉跄时；也许是在一块从前是沼泽的、有弹性的草地上不由自主地改换行走方式时；也许是在一个隘口里声响视域变化时；也许是在立在一片庄稼地里一个冰碛的残留小丘上看到突然完全变样的环景时。)

激起索尔格研究乐趣的还有，这些地方大都不仅仅是某个个人的想象空间，而且都有一个流传下来的名字：虽然是被某个个人新发现的，可对于当地全体居民而言却早就是人人皆知的；那些纳税登记册和土地登记册上记载着一些常常有几百年历史的名称。那些不引人注目的地貌形态中，有哪些能够成为这样独特的区域("田野"和"开阔地")，既可以在一个偏远乡村的平常日子里，也能够在一个世界都市的平常日子里感受得到？是什么颜色在那里共同起作用呢，是什么物质——是什么特征？在这里，索尔格或许还可以使用那些普遍赞同的方法：然而其余的一切(他的动机，还有他的梦想，那就是能够纯粹地、不加解释地描绘这些形态)可以说就是童年地理学。

这也曾是索尔格最初的想法：描绘(他的)童年时代

的各种原野形态；绘出那些完全不同的“有趣的地方”的地形图；制出孩童时代所有起初看不透彻、但在记忆中却营造出家的感觉的原野象征的纵剖面图和横剖面图——不是给孩子们，而是给自己。另外，在对他来说几个星期后就要开始的一年空闲里，他想横穿欧洲仔细看看这样的地方，尤其要去那些他曾亲身感受过的地区。他也许知道，这样一种“游戏”不会有任何用处（或许将永远如此），但不管怎么说，他常常做着这样的梦，或者高兴地期待着，或者变得灰心丧气，好像所有的一切都取决于此。当他高兴地期待时，他在心中体验到一种新的胆气，体验到近乎不容冒犯的气概。他要来一次跳跃，也许不跳向任何地方，但却要跳离开什么。

他从未感觉自己是位科学家，顶多（有时）是个认真的地貌描述者。后者当然有可能陷入一种激动之中，仿佛他当时就是那地貌的发明者——作为发明者不可能是个邪恶之人，也不可能是个好得没有自我的人，而是一个理想的人。后来他或许也在想，自己可是在做善事——做善事的方式不是为其他人送上什么东西，而是自己不背叛他们：他的不背叛可不是停手放弃，而是强有力的作为。在理解地貌的过程中，他有时觉得自己是研究宁静的人。

“让这种宁静充满生气。”回来的第二天，他就将一把折叠椅夹在胳膊下，沐浴着下午的阳光，顺着海岸溜达着朝“地震公园”的海湾走去（他步行体验着这座位于海边的城市）。在那里，他坐在一个高处画一幅地貌轮廓图。

这个公园里没有任何人工修饰，就是那场灾难发生时断裂滑下去的一块地，后来被宣布为“公园”。第一眼看上去时引人注目的东西很少：一个微微向大海倾斜的宽阔平面，上面长着些许灌木丛，不像周围长着针叶林；已经又变得十分坚实的地面没有冒出房屋的残存，也看不见汽车部件。那块坚实的地面构成了一个黏土小丘地貌，除了一些灌木，其余的地方都是光秃秃的，上面有许多由散步的人踩出来的纵横小路。那些从前的大地裂缝中零零散散地出现了几条谷地，弯弯曲曲游走在那些小丘之间，其中一部分被当作了小路：索尔格觉得，在那里四处散步的人似乎每一次都是从一个奇异土城的一条条街巷中冒出来，又立刻消失在目光无法穿透的市区里，但依然能长时间听到一道道围墙后面传来的他们的声音，只有在欧洲的一些地区才有这样的情形。

画图时，他觉得暖和起来，背景上海湾的水移得更近了。没有任何东西分散他的注意力，他有时间。画出来的东西开始回应他的目光。自己没有任何表达，他在这地貌中等待着“那个形象”：“我只在沉思中看这个世界是什么。”

他画着一个地方的草图。那块地方是被地震从较深的地下翻到地表上来的：从前那些树木细细的根端在新长出的绿草间显露出来，就像常见的雪崩中露出的夹带物。那块截面很小，然而各个地层在里面清晰地向四面八方散开来——描画时依然还能从极其细微的方向改变中感受到那场大灾难的威力。

画图的人发现了蛛丝马迹。他的线条起初挨得很紧，几乎是对应的，现在间隔较宽；它们只是在追寻着那个事件。他激动地发现，这个没有形状的黏土堆在变化，变成一张丑陋的脸；随后他明白了，他曾经见到过它：在那个印第安女人的房子里，是一个木头做的舞蹈面具，据说它表现的就是“地震”。

那个面具的额边装饰着一排浅色羽毛。在这里，他在构成边缘的青草带里重新找到了它。面具的双眼部位鼓着两个木球，而这里的相似物是那些树根，就连鼻孔也同样是翘出老远的残木，只是要窄一些。然而，索尔格并不是直接在大自然中再次找到了那个面具，而是在他那由此而产生的图里；其实在图里也没有发生再次找到那个特殊面具的事——倒不如说那完全是面具冲动式的内化；这种冲动同时继续引导出一连串舞步的想象：在一个独一无二的瞬间里，索尔格经历了那次地震和人类的地震舞蹈。

“这种关联是可能的。”他写在图的下方，“我生命的每一个瞬间与所有其他瞬间都是相互配合的——没有辅助环节。存在着一种直接的联系：我只能自由地去想象它们。”

太阳落山时分，小丘之间诸多通道其中的一条上，出现了两个女人，光线洒落在她们的臀部，是那样华丽光彩和傲慢，画图人自己心花怒放，不由自主地冲她们喊道：“你们是电影明星吗？”她们应声反问道：“你是军官吗？”一阵脚步立刻从位于下面搞不清有多远的“谷底”奔这小山包而来。

索尔格心里明白：如果他现在确确实实想要这两个女人的话，那她们就是他的了。因为在这里万事皆有可能：就站在那里，完全是顺带而为，第一阵触摸已经穿透了衣服和皮肤，他们三个马上相互黏糊在一起；他此时不是“诱惑者”，而仅仅是为等待着像他这样的人的她们做好了准备。

索尔格继续画着图，竭力抵御着他那蠢蠢欲动的力量，但两个女人却打断了他：“让自己快活快活吧。”真是美妙的天真烂漫，这两个女历险者就这样奔来奔去：她们的确很美。或者他知道另外一条法则？

她们甚至有能力保持严肃的神情，而他与她们一道体验着那完美的机智果断的胜利。“太阳落山了，暗影淹没了所有的街道”：他没有请她们跟自己走，她们跟在他的身后。

她们的天真烂漫不单单是没有错；它很美妙。她们指甲盖的寒冷。她们身体内在的清澈！在这个温暖之夜，他觉得自己的四肢伸过各个大陆，觉得那两个关心照料自己的女人是看不到尽头的时间的最后标记。

这些幻象离他而去之后，他坐在昏暗中，望着对面的房子。“不，你们曾经是真实的。”他断然肯定，喝下三个酒杯中剩下的葡萄酒，希望下起雨来。后来，松树间还就飘飘洒洒下起了细雨。

对面小孩房间窗户里的灯光构成了一顶黄色帐篷，里面立着一个黑色玩具马。索尔格走出房子，来到高高的草丛里，想打湿自己。可他的身体是那样燥热，雨水一沾到身立刻就干了。大海上方是一条深黑色的地平线：陌生女人闭合的眼睑还在那里颤抖，而她们的呼喊声现在才充溢着那一个个空荡荡的空间。

这座城市的中心坐落在一个深深切入陆地的曲曲弯弯的海湾边上（低矮的住宅群和海岸边住有人家的一片片森林只是它的末端）。它今后是一个无法再测定位置的城市行星，不依附于本身就是不可企及的史前过去的大地：昔日那里曾发生过一些事情——作为幸运事件的可爱的联合，作为危急事件的一次次战争爆发。在这片天地里，这些绝不会再激发起想象来。（那一个个防御工事用混凝土浇灌进海岸峭壁，它们是一段共同的早期历史的见证石，已变得难以理解。）这个行星呈现为一台机器，各种各样的纠纷都与它隔得很远；或许存在着一种幸运和一种危急：不过作为幸运被理解的是纯粹的无后果，作为危急被理解的是"就这样"游离在外；二者在其他各种纯粹的进程中进行着，不再产生任何单独事件。

首先，在这里，似乎再也没有可做之事，对任何人都是如此。这个城市已经不知不觉地自动化了，好像永远如此，只是还会在某些地方得到些许改善。它一劳永逸了，白昼和黑夜仿佛在自动地开来关去，没有了那古老而不稳定的晨曦与黄昏；从那机器的内部传出的（不是一个"民族"充满忧虑的声音）是一个洪亮的、继续帮助的回答，不管是通过多么小的设备，对任何需要都有保证。

傍晚，城区以及更远的地区大都渐渐被雾海吞没，在第二天的正午阳光中雾气又蒸发而去，太阳就像一辆车穿破重重雾气越来越近，越来越大。随后白天即刻变得炎热，光线亮得耀眼，白白的是屋舍，蓝蓝的是天，厚厚的叶子没有染上秋色，几乎直直而快速地从它们的树上坠落而下。在这种“迟滞的阳光”里——索尔格对它就是这种感受——他漫无目的地四下里走着，从未无忧无虑（他可以在下一个拐角就废除这种迟滞），也从不沮丧（因为根本就不是去对付什么陌生的超级力量），然而——此时此刻突然觉得自己那么可怕——总是果断地不负责任。

他并非无所事事，然而他从来也不会说自己正在工作：对此他缺乏那种日复一日的辛勤努力，因为要是那样的话，他，这个通常慢手慢脚的人，必定会一次又一次重新变成另外一个人。他做起事来，手脚灵活敏捷，仿佛那是一件很随意的活儿，或者是一件打发时间的事。

这样独自做事时，他不需要任何人（邻居们只是林中还十分遥远的声音），也没有人（他希望这样）需要他。尽管他十分熟悉这个城市，但每一次外出时，最后都会出现一次迷路似的拐弯：他“迷路”走进一座教堂，“迷路”来到海边，“迷路”进了一家夜总会。虽然他可以辨得清方向，从未丧失过方位感，但这方位感使他走得慢慢腾腾，不像以往那样使他保持清醒的头脑。无论身在何处，他都不是决定好去那里的；他常常在事后才想到：“现在我是在这里呀。”

对索尔格来说，有两个方向历来都意味着什么，它们就是北和西。然而现在“西海岸”这个词似乎与这广阔的大陆无关，仅仅指一个有别于其他所有地区的小地区：与极其遥远无关，和“西头”这个词一样，指的就是纯粹的城区。就是在这里，索尔格大概也看得到那龟裂的多边形地面，这在北方河岸边干涸的淤泥地上屡见不鲜（在地震造成龟裂的网状沥青地面上，或是在由一些橱窗上剥落下来的犹如心中所要图案的防晒涂层上），但他在这些东西上看到的无非是偶然的、捉弄人的相似。这个世界不像北极地区的河流那样“古老”（那个地区显然在继续变老，还有与它相伴的观察者），而是无可置疑的年轻。它使索尔格回到一段时光里，他在其中又辨认出自己是一个无忧无虑的执拗的使用者。“谁是这个城市的王呢？”他不由自主地问。

常常在地球另外那个大陆上，而且恰恰就在荒野中，伴随着对那广阔土地的感受，他常常无疑就感到心满意足，自己身在一个民族之中；可那座海岸城市却始终自我存在：它的神态中显示不出任何独特之处，它的杂乱无章中没有丝毫的统一。曾经有过那么一个时期，当时，就是在这里，居民们甚至从种种交通声响中听出了一种语言。这种语言为他们所有的人说道：“瞧瞧吧，我们能一起做什么？”——不管怎么说，尚在数十年之前，那些沿着这条海岸行驶的一列列火车就是这样被理解的。而现在，虽然这座城市沐浴在明亮的阳光里，犹如一劳永逸地坐落在那里，可在那依旧看不透的海湾周围，那些雾笛只是无声地在呜呜。一座座房屋和一辆辆汽车虽然立在这位观察者面前，像豪华物品那样熠熠发光，但没有一样东西能将他的目光带向更远的地方，带过这片陆地或海洋，带到相同的人们那里，带进一个更大的世界里。即使在北方，与世界其他地方的距离也是犹如天方夜谭的数字（在那个最小的聚居点里，一个捆扎得密密实实的路标指示着所有世界都市的方向，标着相应的距离）：可索尔格从未像现在在这里这样，觉得与任何一种关联都是那样遥远。后来在他的想象中，几乎连在那些房屋上空升起降下的飞机都没有了，取而代之的是在那些屋顶后面不停地扭来扭去的纸风筝的彩色飘带。

他在路过什么时，常常感觉到人家就期待着自己的（一如既往的）关注目光。随后在移开目光时，他似乎又将目光移开一次，投向远方，而那个远方常常只是他用来迷惑人的，他想阻止别人来观察自己。取而代之的是，他独自坐在一个光线昏暗的脱衣舞夜总会里，充当起神情严肃专心致志的观众，面对那些随着优美的节律扭动着的裸体心满意足地遐想着，装成“那个端着酒杯的男人”；或者和其他陌生人待在一家色情影院里装作“双臂抱在胸前的男人”，而且在银幕上认出自己是表演者。他克制住一切个人的东西，采用的不是欺骗，而是用一种隐秘的胜利感来确认那许许多多表露出来的虚假想象。他去与陌生人聚会时，就打算看着他们的脸，同时又忘掉它们，而就连他在告别时也常常被问到：“您的名字是……”

索尔格重新发现了“投币自动点唱机内那雷鸣似的持续隆隆声”，因而变成了一个玩家。在这种情况下，他变成了多面手，发现自己可以是另外的——完全另外的——情形，什么样的都行。事后他觉得，仿佛在这几个星期里，他就没有弄明白一个人，不过却像每一个表演者那样感觉敏锐，预先看出了每一个反应。他再没有经历强与弱之间变换的时刻，这一般都会给他那种持久不变的感觉。由硬币的叮当声陪伴着，他心神不宁地在城里到处转悠，秋叶在那里作为一动不动的饰物摆在陈列橱窗里。现在他当然觉得惬意，他不再硬充专业人员，甚至在每天的专业工作里也不再出现任何与职业相应的东西：他终于可以随心所欲地干自己的事了，以一个外行人的秘而不宣的、梦游人似的认真劲儿。他回避所有的人，不与任何人分享自己的时间，有时觉得自己被包围在一种神秘之美中。

宣称脱离了这个民族，并且不足以为那些平静的世界宗教所鼓动，这座西海岸城市成了各个教派的一个节日，到处都有神秘符号翩翩舞动。在这里，好像没有一个人与其他人沾亲带故——因此，那些短时间内偶然志趣相投的人便聚在一起，急匆匆地隐身于一个个圈子里。一天傍晚，索尔格发现自己就这样在一条街上站到一个长队里，一步一步地随人移动着，最后站在一个被遮得十分昏暗的宽敞大厅里，周围的人和他一样，都在等着那位歌手，因为他曾经是他们所有人年青时代心中的英雄。

没有任何东西驱使他来这里；他更多是在履行一种理所当然的义务，一种在想象中甚至曾经令人厌烦的义务：他已有很长时间没有机缘让第三者来代替自己了。在此期间，他需要各种导引形态，它们应不同于歌曲的终结音，应给他不断重新开始的办法，比如就像那些最早的、有几千年历史的、用诗的语言循循道来的文字，而不像他的科学那冷冰冰地进行证明的文字，或者像画家对各种形象的探索。他也许会像沉迷在这位歌手的音乐中一样也沉迷于其中，但同时作为自我坚强起来的人，又能重新找回自己。

歌手是个身材又胖又矮的男子，显得极其强壮和心不在焉。他来到舞台上，凝神盯着灯光，立刻唱了起来。随着第一组音列响起，整个空间都跟着歌手稳稳拿在手里的麦克风线形成了那条蛇形线。他的声音同样强劲有力，用不着大声去唱。这声音不是来自胸腔内部，一开始就独立于他，是独特的、坚实的、同时又无法确定方位的物体。这声音听起来不是唱腔：与其说它可以让人听得到，倒不如说那是一个人在经过长时间的、充满煎熬的、非语言所能描述的苦思冥想之后突然发出的响声。这期间，他的每一首歌都先从整体上给出一个音符，再由一种快速的、时而断断续续的、一再重复的音列分别组合起来，让人听到的是痛苦的呼喊，尖利、怨愤、咄咄逼人（至少是从不轻松）。

他没有露出过一次微笑。他拖着自己沉重的身子跳了一次，跳得还相当高。用无神的眼光凝视时，他终于可以在自己的内心里对他们诉说了，用自己的声音，用他首先从外面深深地驱赶进自己体内的声音——首先他不愿意和任何人共同拥有什么。他不是满怀深情演唱他的歌曲，而是像一个狂人在寻找着一种对他自己来说像谜一般的感觉。

他在台上演唱了很长时间，也是由于那些几乎只打着节奏的伴奏乐器，他活脱脱就是一个没有生命、招人诅咒的古怪机器——然而，正是这种持续不断的发动机似的叫声渐渐地给那声音蒙上了那种震颤的弦外之音。就这样，演唱接近尾声时，这位吞咽了一腔怨恨的人爆发了，唱起一首他们所有人共有的颂歌，同时还保留着他那近乎报复欲的背世弃俗。索尔格跟着一起见识了什么东西可能是“颂歌”，把舞台上那个奇形怪状的、和任何人都无相似之处的男人理解为一个违心的自由歌手。从前他曾敬仰过他，像一个其实并没有资格让人敬仰的人：而现在呢，只是一个饶有兴趣的听众，他觉得自己已经跻身为一个不相上下的人。他离开大厅，走进一条又一条很有生气但却安安静静的街道，边走边想，为什么他把自己童年时代的一个个英雄几乎全都忘掉了。他心满意足地待在缓缓移动的人群中，与人们身子挨着身子。在人群的声音中，甚至在一只鞋摩擦沥青路面的声音中，还回响着那个歌手的声音。

毕竟这还是一种改变：这座城市分成两个区域，它们自成一体，变得越来越异样（而索尔格也随着它们在变）。

索尔格的房子坐落在狭长而平坦的海岸地带里，周围为赤松所环抱。过了海岸地带，地势向东缓缓朝一个住宅密集没有森林的山梁隆起，随后又向与大海平行的海湾一个指头状水湾低下去。海湾岸就是大学公园的边缘。通向那里的公路在一个几乎察觉不出的凹地翻过那个小山。那片凹地，再加上那条几乎天天都要走的路，就构成了一个“马鞍形山口”。大学校园离太平洋不远（索尔格经常步行去那里）。可是久而久之，征服那个小小的“马鞍”就成了进出一道神秘莫测、意味着不确定的弧状门。这位到达“制高点”的人不由自主地停住脚步，或者至少扭头迅速望过去：虽然修建在那里的都是常见的低矮房屋，千篇一律地散落在两面坡地上，但在索尔格眼里，这个山口地区却犹如一个重要之地，这里将会出现一次“抉择”（尽管那里唯一引人注目的就是那条雾带，接近傍晚时分，它便像一个缓缓移动的板结雪块从上面翻滚进城里）。

有时候，当索尔格想象这座城市的画面时，就看见那个山口非真实地从中凸显出来，没有人居住，甚至没有植被，陷进一个石山的幽灰色花岗岩中；他的停留时间将近结束时，他觉得就连自己的人也变得那样非真实。不与任何人交谈，最终也停止与自己交谈。至少还有长短不一的呼吸在一段时间内秘密地为他发送来这样那样的信息，于是他几乎一身轻松地相信，没有语言照样过得去。在这种情况下，他甚至觉得很完美。后来他觉得内在的无语具有了威胁性——仿佛他是一个啥也听不见的物件，声音永远消失了，他希望说话的激情回来。非真实就叫做：一切都可能发生，但他却没有任何介入的可能。这可不是去对付一个陌生的超级力量呀？索尔格惧怕这种抉择，因为他对此无能为力。他再看不清自己（这以往会赋予他介入的力量）；虽然他的目光常常搜寻着“地震公园”里那两个女人，但谁也没有给他划定触摸的界线。他做着自己的事情（为酝酿中的论文做各种前期工作），不瞥着眼看别的东西，不再停下来，简直就是心如乱麻地集中注意力。这座城市从他身边移去：仿佛所有的窗户都渐渐在他面前关了起来。被遗忘不曾是一个甜美的想法吗——那让人遗忘自己岂不是一门艺术？

远离众生，因傲慢而难以接近，无论在哪里都不辞别而销声匿迹。他在等待着“惩罚”；同时那个歌手的一首颂歌还没有从他的脑海中消失：“我成就伟大之日就在眼前。”

白天依然会暖和起来。和在其他任何地方一样，他在校园里的工作室对他来说同时也是住处。有时候，他也通宵达旦地待在实验室里，就睡在那里的一张行军床上。（他的房子据说要卖掉，已经有些人在那里出出进进。）显微镜旁立着一把剃须刷，刷子旁边放着一个咖啡壶。实验室位于一座特别长的玻璃平房内。按照建筑师的意愿，它应该让人联想起一座横卧在草地上的摩天大楼。从窗户望出去，索尔格的对面是一堵棚房的铝板墙，那里（为其他一门学科）养着实验用动物；再往后已经是海湾那泛着涟漪的水，几乎总是静静地卧在那里。

学院被一条走廊纵向分开：走廊的那一边是大教室，

相互之间通过一道道双扇门贯通。不上课时那些门全都开着，因此目光可以从第一间教室一直看到最后一间。走廊这一面，一边是索尔格的房间，多重隔离，没有窗户，里面的空气都经过了过滤，可以在那一台台低声嗡嗡作响的仪器里测定岩石的年代。另一边房间里是一台台地震仪。它们被安放在一张张沉重的大理石桌台上，即使发生较强烈的震动也不会滑动。地震仪的金属转筒会伴着一声高频的嗞啦声突然从缓缓的圆周运动变成快速运动。（一台机器不停地接收着地球内部传来的各种声波，它们在仪器里变成一种遥远的嗡嗡声，而在这嗡嗡声中闪跳着一种十分明快的近于歌唱的声音。）

就是在这里，索尔格也有"自己的区域"：那是在外面，对着海湾方向，铝板棚房和他的实验室之间有片草地，实验室甚至有自己单独的门（就像一些列车上的隔间那样）通向外面。这里长着桉树，并且还有一种特别的蕨类，由一圈篱笆护着，属于现在依然存活、最古老的地球植物之一。一张桌子摆在草地里，桌前有一把铁椅。

有多少次，索尔格离开之前，还要在实验室里待上一会儿，什么都不干。通向走廊的门开着，一条狗迅速地跑过去。索尔格叫它一声，那家伙也只是抬了抬头。它后面跟过来的是那个校警，还没见人就先听见他身上那串钥匙的叮当声；连他也对实验室里的这个人视而不见。

外面那张桌子上放着一台打字机，一张空白纸夹在上面，纸在微微飘舞，阳光穿它而过。打字机旁放着一个橙子。太阳突然之间变成了一轮夕阳，橙子和纸都染上了红色。一片僵直的桉树叶在椅子靠背上贴了一会儿，猛地掉到地上。那所实验动物的监狱中传来一声呱呱的鸣叫。下方，海湾石堤边上，海浪的白色泡沫顺岸边漂动着。那不是一个一个的浪花，而是一整条宽宽的洪流，被风（或是被远处的一次小地震）挤压进海湾：水的表面依然平静，但已倾斜，呈拱形冲进海湾。随后，前景中的空气浑浊起来，雾一团浓似一团从树冠上沉下来。

这时，索尔格离开了宽阔的校园公园。公园在市区之外，微微向海水方向倾斜着，很不显眼，只能靠一些建筑辨别出来，即它们的房基向上坡方向微微变细。这个地区十分安静，同时也总是显得很有生气，即使没有那些在里面穿行的电动汽车，即使没有一到白天便不断响起又消失、好像来自四面八方的脚步声。有时候，一声男人或女人的咳嗽在这里会出奇地清晰，而在城里任何地方都不会如此。雾霭弥漫在整个公园里，不是白色的，而是朦胧的，而且浓淡不匀，因此在一片浑浊中，有的地方会透射出一缕缕微微变化着的阳光，里面的草闪着光亮，在里面穿过的移动物短暂地有了颜色。在一直要把雾层压向下方的下行风中，一个空饮料罐在一张草地桌上慢慢前后滚动着，与校园塔楼的钟声协调一致。那钟声沉稳，但却像失真的破锣似的。这个报时钟采用电子技术模仿着一组编钟的声音。一个很大的飞行物低低地飘到那些树的上方，几乎没有声音，金属腹部是灰白色的。

一条笔直的马路沿着海湾，离开公园后而通向市中心。远近的汽车和行人还借着最后的阳光在路上移动着，而他们头顶上方那些高层建筑的尖顶直至较低的楼层已经笼罩在灰色的雾气中。

回头望去时，在这条路的尽头，现在从远处看上去是自然森林公园的地平线上，或许就矗立着大学的山顶塔楼：然而那里却仅仅隆起一从地里蔓生出来的、然后又变得僵硬而巨大的白马躯体，一个在夕照中闪着金属光亮的雾碉堡，它将整个校园都纳入自己的拱形之中。它的侧翼让犹如具有磁性的天蓝色衬托得十分显眼。这天蓝色就是由一小块一小块衔接起来的周边地区组成的。

索尔格在他的山口制高点停住脚步时，天已经黑了（对他来说行走已越来越困难，同时那段记忆也没有像往常那样再次来到他的身边）；第一批灯光出现了，连远处也有灯光在闪动，最终几乎就要消失的城市越来越宽广，成了一个广阔的夜间灯海。雾并没有悄然散去，不过淡了，能被任何灯光穿透，在一片昏暗中几乎看不见了。

索尔格回头向市中心望去，那里和各住宅区不一样，几乎没有跳闪的灯光，而是构成了一种灯火凝滞的秩序。他在想象中看到自己顺着下面那一座座房屋正面游荡；而他站立的这个地方（山口），他此刻才切切实实地感受到是自己脚下的土地，他坐到一个公共汽车站的长椅上。

一辆接一辆不停驶过的汽车里，几乎都只坐着开车的人；它们作为黑色剪影从昏暗中驶近，被后方驶来的车将空荡荡的车体内部照得明晃晃的，端坐不动的黑色半身肖像（一个个没有脸的头被光环罩着）一个接一个快速掠过，尽管速度很快而且发动机的声音也不停变换着，但却长时间地组成一支庄严的骑兵队伍；仿佛车里坐的不是驾驶人员，而是一条条被照得通亮的、一成不变的传动杆上的人影，它们与四个车轮没有关系，就像是自动将车体上半部送进夜色中。

然而在这个队列中，也有许多上下班的人乘坐的大巴。它们粗壮庞大，不透光，夹在车流中，否则整个队列都能被灯光穿透。你只能猜测那些大巴深暗色的玻璃后面有乘客，当然也不时能看见他们当中有个别人或者一小伙人开着头顶上方的射灯，他们不再是剪影，而是清晰的人影，他们正是因为笼罩在四周的黑暗中而分外清晰：能看清面貌的乘客坐在车里，头大都略侧向一边靠在椅背上，透过有色窗户玻璃，他们的面容显得黄中带红。这些脸在路面上方大巴中一张张地快速晃过，没有任何个人特征，是些提醒人记起一种被遗忘的宁静时光的景深照片，是一个个“端坐者”、“观察者”、“阅读者”和“休息者”的景深照片。他们从远处突然间就来到近前，以一种重新找回感觉的震惊感使得外面这个目击者恢复了精神。

然后，一辆灯光刺眼的公共汽车拐进了车站，索尔格看见邻居太太带着她的孩子们在车上。孩子们相互说着话，而那女人则默默无语地看着。他之所以注意到她，是因为车里的她从额头拿开手时的神情与坐在外面长椅上的他几乎一样。她的脸上——他这样想——挂着“一丝痛苦”，而这种痛苦（后来他知道了这一点）他只感同身受而已。她暗自微微一笑，解下头上的围巾，仿佛已经到了家里。那一头秀发在白色的灯光中一时间好像成了“一个自己的王国”。他挥手打着招呼。车再次启动时，她往侧面看过来，看到了他，垂下目光打量着他，甚至一直打量到鞋子，但却没有认出他。他跳起身，敲打着车窗玻璃，可那已经是另外一块玻璃，玻璃后面是另外一张脸，她扭过来从继续行驶的公共汽车里惊异地朝他望着——于是索尔格满脸通红，这在夜空下是观察不到的。

起初，他脑子里只有迷茫，他在迷乱中与一个女人搭话，她是从那辆公共汽车上下来的，好像犹豫不定地站在那里。她一眼也不看他，只是说着："不！"当他试着解释自己的意思时，她把脸扭向一边，朝他亮出攥起来的手（绝对不是一个拳头），走了开来，一边向他讨好，一个人溜达进昏暗之中，她身上有一种他不熟悉的旋律。

很久以后，当索尔格又能够回忆起他后来才知道这个决定一生的时刻，并且能够理解它时，他就认为，当时只要"停下来"或"放慢"自己的一切（动作、思维、呼吸）或许就足够了，那么或许"什么事也不会发生了"。然而此时此刻，他心里只想着，跟在那个女人后面几步远的地方："我有的是钱。"随后他脚下的地变得那么清晰，好像他已经摔倒在地了。犹如一次事故后的寂静，还有狗吠声。摔倒突如其来，空寂完全出乎意料。不用说"没有人知道我在什么地方"，可以这样说："对我来说再没有任何人了。每个人都有另一个。"

他走来走去，没有了思维能力。他先前可认为自己是不可摧垮的。他停住脚步，感受到就那篇酝酿已久的论文而言，自己正面临着永远的失败：他也许能够写出它，但"不可能被任何人听到"了。"别乱了方寸！"这是他唯一还能说的话：然后，他犹如坐在一个没有语言的驾驶舱里嗖地出了那空间。那空间在扭曲变形，随后完全消失了。

“空间禁地！”

大海变得阴森森的，可连松林里的住宅区也是如此；整座城市都让人绝望，可连大自然的个个现象也都如此。“你们的大巴车，带我离开这里吧。”

他踱来踱去；停住脚步：他刚刚不仅仅失去了“山口制高点”（它只是还作为“坑洼”显现着，然后又成了手指节骨之间的讥讽物），而且也丧失了自己所有的想象空间：桉树下那张桌子，就像北方那条河流，他怀着无以复加的分离之痛看着它似乎永远消失在一个斜坡后面。

人生规划毁灭了：不再有“区域”了，任何地方都不再有了，甚至连脚掌下地层的方位也无法断定了。他也连同那“丽水”一起干涸了，爆裂开来，皮层被剥去了；那个“活着的死人”从地下出来进入他的内心。

索尔格踱来踱去，意识到自己被自己彻底看透了。往常这种认识自我的时刻总是给他一种振奋的推动，而现在，他丧失了同时又意味着一个有保障的未来的“自己的”空间，因而觉得自己是一个拙劣的造假者。“你的那些空间不存在了。你完蛋了。”

到底是谁在那里说话呢？自他有了意识以来，是哪种声音在贬损他呢？有一阵子，他的身体内呼呼作响，似乎他就是自己的作恶者。他成了一个没有毛的标本，看着那灵魂，依照那个不停诅咒的声音，就要从它的躯体中被剥离出去，而没有了躯体，它也就迷失了：是那只猫的残象。有一次，它曾被带上飞机，在那里因恐惧而得到了一个骷髅头。

几年前，在刚刚到达西海岸时，索尔格就经历了一次地震：他坐在一个游泳池边上，突然看见池子里的水倾斜。空气中充满尘土，到处是一种奇异的光，一座座巨大的山仿佛在运动。他感受到这种震动，甚至向前摔倒了，可他不会相信这样的事情：他觉得此时自己的终点非常之近，同时又完全不可能：难道“我”命该走向毁灭吗？那些房子里飘出的饭菜味多么美妙，还有下班后的灯光，甚至连黑暗中的一声吐痰也是如此。

那么，自然好就好在，那个世界法官的声音，它的判决越清楚，可反驳的地方就越多；它控诉他多么可笑的事情（指责他的名字，或者没有参加修建那个地区的房子），最后甚至指控他在暴力统治时期（索尔格那时才刚刚出生啊）“没有进行任何反抗”。

他不停地踱来踱去。久而久之，他安抚着自己不知不觉地走起来，而且一个劲儿地数着数字。

后来一辆汽车停在他身边，车内传出邻居丈夫的声音，用的是他俩共同的语言：“喂，邻居。”正要上那欢快的传动杆的索尔格心想着：“谢谢啦，你们这些强大的势力。”先前他是那样热切地期盼着什么，因而他觉得这辆车是“文字”，而自己的脑袋是“充满期盼的拱状物”。他想象着自己一个人找不到回家的路，把手放在了邻居丈夫的臂弯里：谁又会觉得一个人变得如此实实在在呢？——“神性的另一个。”

索尔格跟着邻居丈夫进了邻居家。他在前厅站了很长时间，仿佛那现在是一个特别的地方。进入起居室时有那种“门槛”的感受：又置身于世界的游戏之中。

他对邻居妻子和孩子们说，甚至说了好几遍：“是我来了。”与他们坐在一张桌子边；高高举起孩子们（他们很乐意这样）；观赏着那些饭菜（“好鲜亮的肉”）；同坐在一个屋顶下：对索尔格来说，这是一个证实乐趣的晚上。这座房子里住着一户人家，他们勤俭地过着一种有可能过上的生活；他属于这座房子，这里的东西漂亮，这里的人纯真无瑕。

这同时也是个恭维的晚上。他对夫妻俩说：“你们对我来说弥足珍贵。”不过也同样煞有介事地（对丈夫）说：“到了欧洲，我就看不见您那些条纹棉布衬衣了。”他（在妻子面前）称赞白面包皮上“自然的多边形图案”。他在自己的礼貌中又重新认出了自己：它在这个晚上造就出“一个国家”的观念，彬彬有礼的索尔格就体现着这一观念，他展现出的自己就是这一观念的具体形象；他的名字甚至就意味着名字的所有者（和许许多多的同名者）来自哪个省；最后他用自己几乎忘却的方言说着话，说得那么自然，因而谁也没有注意到。

他身上再没有一点儿比较呆板的客人通常所有的那种拘谨。他将胳膊肘支在桌子上，拉扯其他人的衣服，带着一种家人似的亲热琢磨着他们的神情。他无法自己单独待上片刻，跟着邻居家的人到处走：跟着丈夫去地下室，跟着孩子们去卧室，跟着妻子去厨房。一道道门槛的美！他将一个个饮料杯斟满。他送孩子们上床睡觉。这时，他们把自己最隐秘的事情讲给他听，就连他们的父母对这些事也一无所知。然后，他说话时一次又一次地在起居室里走来走去，好像他才是这房子里的主人。“你们离我那么远。”他对主人夫妇说，并请求他们挪得离他近一些。他掌握着那咄咄逼人的、一味要说话的欲望，每一句话都是说给其他人听的，或许又会帮助把他与人类世界连接起来，因为他认为自己在说出每一句话时都（单独）负有责任。索尔格这个晚上（艰难地）说出（“慢慢地措辞组合句子！”他在想）的每一句话，同时都是要争取被接纳进这所房子，融入这个房子里的人之中——融入它的“国度”（“只要我创造出这一形态，我就与其他人有了联系”）；失去了那些大空间的他孜孜不倦地深入到这些最小的空间里。

房子里的夜晚很明亮；满月在外面洒着光辉。孩子们在自己的屋子里笑着。在这个清亮的夜晚光线中，每一样东西都在一个新的空间深度里找到了各自的位置。这个“心情沉重的游戏者”（对他来说，这现在就像一个关键词，但不仅仅是针对他此刻的生存状态）看见了对面的邻居妻子的脸，他还从未这样看过其他什么人。

事情是这样开始的，她的头发又引起了他的注意；这是对那头卷发的欢快，是对那条发线的欢快，是对满头头发的欢快。那张脸的一个个细节也渐渐显露在他的面前：此时此刻，它们无可挑剔——可它们同时也变得富于戏剧性：一个细节把他的目光（他绝对不情愿自己是任何别的样子）继续引向另一个。“这样的事就是为我而发生的。”他在想。其实他并没有盯着邻居妻子看：更确切地说说，他用自己的目光使礼貌达到了完美的境地，因为他在感受时将自己隐藏起来，隐藏在一种仅仅是人在场的情形中。他感受到自己又变成了一个“接受者”，就像在河岸边的淤泥地上感受着那些多边形图案时一样。然而在这里，他不再那样积聚力量，而是相反，他有能力在重塑另一个形象时，用尽一切在大自然那里积聚起的力量，直至这种纯粹接受对方的能力（此前依靠的是好感，限定在个别细节上、特殊细节上）成为新的全面的力量：他现在唯一的力量——但对他来说足够了。

在这张脸上，最先变得充满生气的是有点儿前突的上唇，它在闭合的嘴上投下淡淡的暗影，好像嘴同时又微微张着：不管怎么说，索尔格看到的这张嘴不仅仅是默默无语，而是随时都能说话——这两片嘴唇或许不用准备就立刻能为另一个人吐出恰当的话语，而且就是说完之后，还随时准备着为他侃侃而谈。她的两边脸蛋没有什么特点（在这个毫无条件地接受着的、创造着这张脸的目光看来，这脸上根本不再有任何东西显得特别），它们看上去无非就是一个光滑坚实的平面，从中有一条与面颊线条一起形成的、瞬间的（不可固定的，且是不断重新变幻的）宽度飞向这位观看者。随后那双眼睛（又是没有什么特点，只是活生生的事实存在）是多么乐于助人啊。它们被遮挡在暗影里，在其地地道道的“昏暗”中已经理解了一切。之后，唯独那隆起额头的事实存在寻求着保护（并且作为这出剧的结尾要求他行动）。这个隆起的额头是一个闪着脆弱的光、就像没有骨头一样任人摆布的亮闪闪的圆拱。最终，索尔格不再是一个完全忘却自我的、另外一张脸上各种事件的观察者，而且此刻出现了这样的情形，凭借着一种极其轻柔的介入，他那有限的个人生命化解在这张人类之脸的一个个特征里，并且在其坦诚中不可改变地继续着。

索尔格与邻居丈夫坐在一张桌子旁下棋，邻居妻子坐在一边看书。其间，他从桌边站起身来，在房子里到处走来走去，远离开那张脸，然而它同时又立刻离他很近。后来，在灯光下变大的影子里，就像那一辆辆昏暗的大巴车里作为“睡着的人和醒着的人”显现着身影的那些人，她的整个身影在远处变成一个“同代女人”；就连因垂着头而形成的轻微的双下巴也与此相称：“我们来自一个地方。”脖子部位有一道小光圈：“亮得像两个光圈。”在那只犹如飘浮的手上，却有一根指头紧紧压在书上：“像你一样普普通通。”

索尔格又坐回桌子旁，但没有走棋盘上的棋子，而是开始说起话来。他自己依然像不可见似的，洞察起另外两个人的脸，好像他与他们已经分离了，不是因为时间的跳跃，而是因为潜移默化（用说话）使他远离去的时间的落差。他一边说话和讲述时，他感觉到这种落差就是始终不变的轻柔的触摸；他就这样沉思着与自己无拘无束地说着话，其间他在想：“我之前为自己所想的一切什么都不是：

凡是我如愿以偿地告诉你们的一切，那就是我。”

隔壁又是一阵孩子们的笑声；后来是远处海鸥的鸣叫声。索尔格此时心情非常平静，因而直截了当地讲起了那幻想的“山口制高点”上所发生的“空间消失”。“今天，突然之间，一种力量离我而去，我失去了对大地形态的特殊感知力。我的那些空间从一个瞬间到另一个，它们再也无法命名了，而且也不再有命名的价值。”然后他就可以提高嗓门并且说：“你们听听我说吧。我不愿走向毁灭。在这一巨大损失来临之刻，我的反应是归乡，不仅仅是回到一个国家，不仅仅是回到一个确切的地方，而是回到我出生的故居；不过我总是想继续留在异国他乡，自己周围有一些人，似乎不太亲近。我知道，我不是一个邪恶的人。我也不愿做一个离群索居的人。我看见自己走在人群中间，认为这样很合适。我甚至在一些友好的梦中梦见那些希望我死的人，我常常感受到那种能达到永久和解的力量。我希望和谐，我希望没有矛盾，我希望快乐，难道这是狂妄吗？完善和尽善尽美是我的强迫观念？我感到变得更好是一种责任：更好地做我自己。我想做个好人。有时候，我有那种作恶的需求，而另一方面也摆脱不了惩罚的观念，然后又有了对永恒纯洁的需求。今天我想起过一种拯救：但当时进入我脑海的不是上帝，而是文化。我没有文化；我长久没有文化，而且我没有喊出来的能力；在此期间，我抱怨自己，而没有严厉地控诉。我不愿做一个悲叹中消失的人，而要做一个强有力的控诉者。我的呼喊是：我需要你！可我跟谁去说呢？我只能去找我的同类人。可谁又是我的同类人呢？在哪个国家？在什么时间？我需要确定我是我自己，并且对他人负有责任。我能够活着！我感受到那个力量，**说**什么就**是**什么。但我又想什么都不是，什么都不说：做人人都知道而又无人知晓的人，非常**富有生气**。是的，我感觉到对这个世界空间有暂时的权力。我的时间**是现在**；现在是**我们的**时间。也就是说，我要向这个世界和这个世纪提出要求——因为这是我的世界和我的世纪。”

索尔格看到自己像一个可笑而骄傲的动物晃着脑袋（同时在给双肘充着气，可怜地想尝试着振翅飞翔），滔滔不绝大讲了一通之后很想来点儿什么“甜食”，得到了邻居妻子端上来的一个“甜面卷”。另外他还想听音乐，然后让邻居给自己讲他们的故事。大概是为了表示自己是他的同盟者，他们开始讲起各种不幸的事情，但很快就转换了话题，最后给他描述起他们如何成了一对夫妻。讲述中，平静的叙述渐渐变成激动的对话，还分着角色，总是相互插话。索尔格为这顿“热菜热饭”道谢，又说道：“你们可别忘了我。”

事后，离开时（他并未做出决定，却已踏上那条穿过树林的捷径去海滩），他注意到他俩曾取笑他说的最后那句话，这不仅让人失去力量，同时也有点儿令人吃惊，仿佛人们就不会拿这样的事情来取笑。于是他此时心中暗暗补充说：“我想很快就再次坐在你们的灯罩下面。”

夜暖融融的，没有雾。他还走在树林之间，愉快地感受着脚下的海沙。一团团树叶被风追着穿过针叶林，挂在草间，犹如挂在铁丝栅栏上，最后证实它们是干枯的海藻碎叶。一阵自行车在沙地里穿行的声音，是一条狗奔跑时弄出来的。风在一个个侏儒似的松树间呼啸着，声音和在高大的林子里的动静没有两样。索尔格的脸上有气流的感觉，似乎这就是重新找到的真实，仿佛它是在作为幸运气流吹拂着他。

他拐过一个沙丘的突出部分，就像拐过一个建筑物的拐角，不曾想到大海哗的一声朝他掀过一个白色巨浪。浪花碎沫被高高甩向夜空，似乎在那里停留了片刻，随后才在新溅起的更亮的浪花碎沫间与在下落时染成淡蓝色的泡沫团一同四下飘向地面。随即大海连同月亮和悬浮在波浪上方的一只只海鸥又回到他所熟悉的画面里，水面离索尔格而去，它的哗哗声似乎成了工业的嘈杂声。他躲避着一眼也不看海面，只是鸟瞰似的看着在自己下方深处双脚沉重地踏过的那片沙地。“关上你那些感官的大门。”

他跑了起来，跑了好一阵，什么也不看，然后又改成走，闭起双眼，越走越慢。这时，从那个巨浪中穿行而过的是一列有轨电车。轨道间发出一种古老刺耳的声音。继续往前走的他觉得，最先是随着一辆两侧装着栅栏的马车的辘辘声，大海的喧闹声变成了自己历史的种种声音。一个叮当声和轰隆声响成一片的锯木厂里，正在卸着木板，木板相互撞击噼里啪啦地响着；家具装运工搬着沉重的东西四下走着，一点儿都不当心。这些响声并不均匀；其间常常出现一种似乎调好长度的寂静，这种寂静几乎令人愉快。这时，你只能听出一个封闭家庭那些细小的声音：牛奶煮开时向上噗的声音，水的沸腾声，毛线针的碰击声，衣架在一个桶边掉落下来。（看样子，仿佛大海可以收集在一口锅里。）后来，有人跳进游泳池里，响起一声耳光。街道上越来越响的嘈杂声中，砰的一声闷响，一个人的身体应声倒在地上。一个奶站正在卸奶桶。香炉发出短暂的叮咚声。然后是军事演习的呐喊声。坦克的轰鸣声；碎裂声和爆裂声；短时间内笼罩着一片战争声响。之后是和平的寂静；或者是？睁开眼睛的索尔格面前，一个宽阔的古代立柱空间在大海上方延展开来，一直伸向天尽头。

最后那些立柱后面，月亮正在落下，有那么一会儿，非常短暂，那里有一个落月的天空，挂着一大片从底部照亮的云彩，是文石色。然后，那片天空便和各处一样黑了，只有星星在波浪的雾气中闪烁着朦胧的光。

索尔格用自己的后脑勺感受着大海，后脑勺变成一个又大又冰冷的地方。那些波浪的峰顶是积雪的山峦。空气为他送来了焦煳味。他在西海岸第一次有了秋天的感觉。大海之秋和立柱空间：这个世界又变古老了。他置身这季节里，来得正是时候。他的身体变得又能够感觉到水、陆、空之间的三重界限。很久以来他再次感受到渴望的力量，那是一种难以约束的冲出胸膛的欲望；同时他很想躺到床上去。

他快步返回他的房子。和平常一样，另一所房子不见人影的卧室里，天一黑床头灯就打开了。邻居们坐在半明半暗的起居室里，丈夫攥着妻子的手指。如流如涌的重现：血液循环的温热中，那个印第安女人——闪动的光泽——向近处移来。他觉得一阵倦意袭来。在这种倦意中，他只想躺在昏暗中静听。一个钟发出滴答滴答的响声，好像是一只猫在挠脖子。后来，那个幻景中的黑白动物的美妙图像发出阵阵呼噜声。

索尔格躺下去，并非没有耐心地等待着各种梦的念头。

这时，灯塔的闪光从“大地尽头”有规律地射进房间里。他甚至有勇气想自己的孩子——在所有这些年里，这对他来说是不可能的：在第一次尝试时，他的头就已经变成了石头。此时，他只在感受着脸上的那个重力，一个滚热的拳头贴在脸上。不过这种自我怜悯对他来说是合适的：因为这时能够感觉到那种需要一种信念的愿望，这种愿望或许会赋予他一种形态，这种愿望要比突然想念那可爱的小家伙的瞬间长久。“如果再见到他时，我会敬奉他的。”

他怀着感激之情将被子拉到身上。孩子和女人们才能使他真实。睡梦中，一个浪花碎沫幻化的女人从大海中升起，睡在他身边。整个一夜，他们静静地并排睡着，眼睛对着眼睛，嘴对着嘴。

“几次日出之后”（后来他的确觉得西海岸最后那段时光是这样的），索尔格在收拾箱子时，觉得自己置身在一个依然是秋日清晨的光线中。动身去欧洲的时刻就在眼前。房子几乎空了，没有了窗帘，没有了地毯，一个房间里还放着一张木头桌子和那把折叠椅，另一个屋子里放着被推斜了的床。索尔格扔了很多东西，送出去了一些东西。除了仔细摞起来的一本本近些年的相册和野外记录册，箱子里还放着一些他喜欢的日常用品。他已经穿好了这次旅行的衣服，一件穿了好些年头已经破旧的亚麻衬衫服服帖帖地裹着两个手腕，一身蓝色的“欧式”精纺毛纱套装，裤子稍稍有些贴着膝盖，薄薄的棉袜从下面给他送着温馨的暖意，他的鞋是一双北方产的系带靴子。从上往下看着自己，他对自己忠诚的衣物致了一段答谢词。

空气清新：“美好的早晨，美国的早晨！”阳光照进那搬得空空的房间里，照在地板上，犹如照进一艘客轮的大厅。这位乘客在装好的箱子边读着最后收到的信件。其间他一再向邻居家的房子望过去，所有的房间里都有人影在动：孩子们准备上学，丈夫准备去办公室。这家人在一片忙碌中有时也显露出一种极度的平静：丈夫躬起身子看着自己的卷宗。卷宗放在一个小斜面桌上，好似一本打开来的祈祷书；妻子做出一种近乎滑稽的优雅姿势，小口小口地抿着茶；书包已经背在背上的孩子们沉迷在一个在桌子上旋转的陀螺上。

劳费尔的信里写着：河已经封冻。起先他在户外时戴着一个棉布脸罩，但这段时间以印第安女人为榜样，甚至敞着衬衫在外面走。他觉得自己的论文“越来越美妙”（每个次要的可能性——他觉得自己有责任关注它——都在无穷尽地延展）。他觉得自己在与索尔格进行着极为理想的竞争：索尔格追求去物质化，但他追求的是材料丰富；

因而他的问题是“语言”过多，但索尔格的危险在于“无语”。那只猫变得“越来越不能接近，越来越带有帝王之气”：它就要说它的第一句话了。

他坐在桌子旁边（后来看起了一本书）时，云雾（他没有抬眼看它们）在拖拽着这位准备好上路的人。那些松树的树梢似乎已经在别的地方晃动。在整个这段时间里，许多人在他的背后过来过去，由一个女经纪人领着看这所待出售的房子，他没有回头朝他们看一眼。

此间，只剩下邻家妻子在对面的房子里走过来走过去。她胳膊上搭着白色布单，她穿过有阳光照耀的地方时，那些布单便闪着亮光。有一次她看见了他，和他打着招呼，既不尴尬也不扭捏，用了那样一个动作，好像他已经离得很远了。她好像忘了他，后来连自己也忘了，在忙着玩一个游戏，自己玩的从一间屋子跑到另一间屋子的游戏。

他在读一位罗马自然研究者试图解读世界的书，已有两千年历史，其语言中还有那种诗的“柔性和连通性的东西”。“也就是说，由固体构成的物质会永存，而其他的东西将消解。”

3 法则

一种比较低沉的轰鸣声，坐在飞机里飞向遥远的天边。内心里也有一种飞行。说话是多么容易；甚至生活也是多么容易。一个瞬间的想法："一些新东西开始光顾我了。"下面沙嘴上，西海岸边的那座城市快速地远去。

这架飞机伴随着时间在飞行。事实上，好像那些白日梦的幻想也在时间的陪伴下渐渐到来，"犹如交替变换月相"。飞机中途在一座城市降落。这座城市坐落在落基山脉的东山脚下，自称为"一英里高城"[1]。降落时那里下着雪。本来预定继续飞的索尔格拿起箱子下了飞机，坐上一辆满载乘客的大巴。大巴行驶在一条雪被吹散的远郊公路上，正在穿过一片空无人烟的地区。这地方他从未来过。

雪花轻轻地撞在前窗玻璃上，然后又飞走了。那些白

[1] 指海拔一英里高的丹佛市。

日梦闪闪烁烁，越来越深。在内心深处飘越出自己的界限：这是他思念其他人的方式。他不是刻意让他们出现在自己的脑海中，而是在他的自由想象中，他们渐渐走进他的意识里。

远处，一匹被雪覆盖的马一动不动地立在一棵枯死的柳树旁，树干斜着沉入泥土里。小学生们纷纷拉上带风帽的羽绒衣的拉链，他们第一批下车：雪花飘进打开的车门，隔了一会儿才在温暖的手上开始融化。大巴里很快一片寂静。那是成年人的寂静。

后来，白日梦中出现了一张脸，一双圆圆的眼睛分得很开，一道道褶子从眼边伸出，像一道道光似的。这时，索尔格确信无疑：他将在这辆大巴驶往的小山城里找一间旅店客房住一晚上，给在那里当滑雪教师的小学同学一个意外惊喜。

他还清楚地记着一年夏天自己在西海岸最后一次遇见他的情形：他那张藏不住任何东西的脸，脸上那张嘴还像上小学时那样，下嘴唇不停地往前伸，即使不说话时也是如此；然而说话时一个个词就像一个个小工件从那里面吐出来。

即使在平静时，这个滑雪教师看上去也十分疲倦，似乎总是在竭力将什么东西搞得更明白。他说话嗓门极大，但却从来没说清楚过。他表达自己的想法时常常是大吼大叫，只要吼叫起来，他的声音听上去充满恐惧。他信任谁，就向谁提出他的最终问题，也期望得到一个最后的回答。大家也认真地尽力给他一个这样的回答，于是他，一个骄傲的人，立刻变成别人的一个仆人：夏季无法干他本行的几个月里，他满世界去拜访的不是自己的“朋友”，而是自己的“主人”，即使再琐碎的家务活他也热情地替他们干。他没有孩子，还在等着自己生命中的那个女人（他能够详尽地描绘出她），几十年来一直在等；可就连那些起初喜欢他的女人后来对他也只是表示惊讶。

在自己的白日梦中，索尔格将他看成是一个因没有过错而被轻视的人，他想象着，在问候时立刻就拥抱他；他看到了滑雪教师那粗壮的脖子，看到了他那宽宽的银色皮带，看到了他那两条细腿。坐着时，他总是将两手插在双腿之间。暮色垂入行驶中的大巴，滑雪教师的喉结在抖动，一簇簇坚硬的野草滚过雪地，一片玉米地上干枯的叶子呈水平状立在风中。

大巴后来穿行在一个还没有下雪的地区，似乎除此之外此地什么也没发生。过了一阵子，连这里也开始飘起了雪花，更加寂静，雪片越来越大。山坡带着冲刷印记的一座座山已经不见踪影，只能看见离得比较近的休耕地，地里偶尔有一群野牛，鼻孔中喷着气，撕咬着浅黄色的草尖；一辆辆小轿车开得很慢，好像出来就是为了完成一段特殊的行驶，它们溅起一股股白色的喷泉，而公路上脏污的雪末在追逐着它们的后轮。这段路上，偶尔能看见一些独个儿跑步的人的身影。除此之外，没有一个人影。最终索尔格想象着，这帮人是在为应对一场世界大战而训练。

就连旅店电梯的地板上都有雪末。这家旅店是仿照欧洲阿尔卑斯山中的旅店修建的，有一个木头阳台，窗子周围画有画，还有一个太阳钟。楼下那一大块平地上一片灯火，索尔格在他那装着木墙板的房间里看着报，一条条勾勒出山峰的线条伸进了报头里。翻着翻着，他立刻看到了小学同学的名字。他定睛看过去：是登载短讣告的版面。他神思恍惚地还继续看着下面的名字，听见淋浴器中响起一阵滋滋声。

过世的小学同学的讣告是滑雪学校发的：他是一位“多年的成员”；其他仅告知了殡仪馆的地点和开门时间，此地称殡仪馆为“小教堂”。

索尔格立刻动身前往早已关门的殡仪馆。殡仪馆没有三角山墙，是一座连体房子，他从街上透过纱帘朝亮着灯却空无一人的一个个前厅望进去：一张张深色的小桌子上立着布灯罩台灯；一个角落里摆着一张较大的桌子，旁边有几个座位，桌上放着一个玻璃烟灰缸，旁边摆着一部象牙色电话机。这座房子共三层，有一部电梯供上两层使用。电梯里同样也亮着灯，里面是空的，停在底层。索尔格在靠院子一方找到一个大门，两个门扇非常宽，外面没有门把手。天刮着风，很冷。汽车的雨刷发出刺耳的声音，犹如铁锹蹭出的。自己踩在坚硬的雪地里的脚步声让人想起草地上割草机的割草声。后来他听到西部人说话的鼻音，这才又意识到自己身在什么地方。

他回到旅店，皮肤在雪中冻得没有了知觉。脸上的骨头直发疼。他喝着酒，心情愉快起来。他用双手捧着酒杯，好像捧着一个碗，咧嘴龇牙。

夜里他梦见了逝去的人。他们两个人穿过田野。然而滑雪教师没有了形体，消失了，索尔格醒过来，身边没有人。他看见了另一个人，那人系着一件蓝色围裙；他的双眼被反射着亮光的黑漆封住了。之后，索尔格想着极其没有意思的事，又睡着了，心中充满对一个虚拟世界的渴望。那个虚拟世界透入真实世界，将真实世界推入虚拟之中。

清晨，阳光照进立在屋角的一个空木头表盒里。索尔格去看望停尸间里的遗体。滑雪教师像个布偶躺在棺材里。眼皮的皱褶化成一条条纹路向旁边延伸到太阳穴上；一只眼睛没有完全闭合，闪着微弱的光。他戴着那顶毛线织的帽子。见到他时，他几乎总戴着这顶帽子，上面有“天国峡谷”字样；脖子上戴着一个绿松石护身符。

索尔格站在房前人行道上。殡仪馆的看门人穿着一身缀着黄铜纽扣的制服，在大门前走来走去，路面上到处是他扔掉的香烟头，有的还冒着烟。他们的上方悬挂着星条旗。星条旗一旁，一种深绿色悬垂植物抽出的一条条嫩枝顺着房墙飘舞着。一大卷电缆从旁边滚过。一个个清晰的云团高耸在其他蒙蒙云团上方，近处是这样，远处也是这样。

出了小城，他坐上一辆上山的索道车。车厢因有人进来突然晃动起来，刚进来的人身上的滑雪鞋发出噼里啪啦的响声，好似燃烧的木柴。即使在这群人中也有好看的脸。车厢外的雪地上，一些孩子在奔跑，摔倒后又爬起来接着跑，好像一个个可爱的轮子在滚动。

到了山顶站后，索尔格先是跟在一队并不相识的人后面，原因仅仅是他们都穿着相同的浅色毛皮大衣，后来才一个人接着走自己的路。下过这场雪后，还没有人来过这里。天暖洋洋的，但任何地方都没有融化的雪水流淌。积雪很厚，同时又松散，因而常常还能看见土地泛出的亮光。

他朝上攀登着，直到再听不到任何声音。在一个马鞍形山脊后，他看到了真正的石山，它们呈暗红黄色，一条白色云带在它们身后缓缓飘移而过。他快步顺着山坡向上爬，直到脸上沾了不少松针，随后他停下脚步，仿佛是走入了一个禁区。听不见一声鸟鸣，只能看见依旧还十分遥远的印第安人身影似的一个个圆形山头。他的前面，一条深深的沟壑边上，耸立着一棵山间孤松，旁边长着低矮的橡树林，雪花从橡树干枯的树叶间飘舞而出。这时，那棵松树里传出一种声响，但什么也看不见：一种轻细而清晰的噗噗声，持续的时间很短，一阵寂静之后，又重复了一次。过了一会儿，第三次响起那种噗噗声：但不再是同一棵树里，而是来自远处的一棵松树。它长在下面沟壑中，同样也是一棵孤松。紧接着，有两群尖声鸣叫的白肚皮小鸟从高处垂直而下，落在两棵树上。

索尔格站在厚厚的积雪里，好像又套了一双靴子，望着下面黄色雾气中的广阔平原，从山脚下向东延伸出几千英里的平原。这片土地大概从未经受过战争的苦难。他用雪洗了洗脸和手，开始吹起单调的口哨。他将雪塞进嘴里，但吹出的口哨声更大了。他咳嗽起来，最后成了抽泣。后来他垂下头，为那位逝者（和其他逝去者）大声痛哭。

他向上望去，觉得自己看见那些人使足了劲在笑话自己。他随着他们一起笑。现时在熊熊燃烧，往昔在闪着光亮。想象着自己的不复存在，他感受到一种深深的享受，脑海中现出河岸边的灌木丛。“不要极度兴奋！”（永远再不要极度兴奋。）为了战胜这种极度兴奋，他在四周寻找着某种依据。积雪在阳光照耀下的沟壑中构成一条闪闪发亮的垄沟：他曾经见过的最漂亮的女人。一声情不自禁的呐喊，一片树丛甚至传回轻细的回声。抑郁和情欲袭上索尔格的全身。

在返回这个一英里高的城市途中，又见那一簇簇坚硬的野草在冰冻的积雪上滚过那片休耕地。光秃秃的平原上有一片孤零零的矮树林，投出一个巨大的阴影。迫切的期待。然而，尽管什么也没有发生，那或许也是期待吧。这样你就可以把玩一切都皆（极其）有可能的游戏，就像那地震化作人类的舞蹈一样，一种无意义的活着也成了有意义的游戏。

这架傍晚载着你继续东行的夜航班机中就再没有其他人吗？你这排座位都空着，前排那些靠背都立得直直的，影影绰绰地笼罩由客舱舱顶反射下来的昏暗的光线中——在深深的、半明半暗的机身中，那富有节奏的轰鸣声成了一种调节情绪的声音，它使得这位乘客获得了与过去的数小时的联系。他在想着“自己的人”，构想起种种立刻与他们相见的计划；他再也不想到得太晚了。由于那个逝去的滑雪教师，他自己出身的那个家庭又真真切切一点一滴地浮现在索尔格眼前。他曾觉得对兄弟姐妹负有责任。他们之间甚至曾有过一种休戚与共的感情。在这种情感中，他们组成了一个圆圈形态，现在依然留在他的记忆里。他们几乎再没有机会说共同的语言了（其间他们并没有失去它，但却只是作为记忆游戏背诵着它）。父母去世时——这个正在遐想的人就是这么看的。同时，他觉得下面深处平原上的灯火就是墓园中的一条条道，后来又变成了一个个星象——兄弟姐妹第一次相互拥抱了，此后这么多年，彼此间再没有通过信息：起先还是淡漠，久而久之甚至怀有敌意。这一个只当另一个消失不在了。如果他想起了兄弟姐妹，那就是突然在想象着一则讣告（他们也一样，对自己的兄弟也只是在等候着死讯，他认为自己对此一清二楚）。他们当然也常常出现在他的梦中，有时相互之间也说说话，可在现实当中，他们从未这样做过。不过在大多数梦中，他们只是作为具有危险的、无法移走的尸体四下里躺在祖屋里。因为他们从未明确表示成为敌人，所以相互和解也就无从谈起。

索尔格也没有幻想与他们之间能再变得“和从前一样”。他只希望能够像现在一样清醒，外部世界已经在他的脑海里成为活生生的空间的现在：或许以后一种新的交往形态就是顺其自然。他也看到了村里的其他居民。之前，他通常只能将他们看作一群幸灾乐祸地等待着自己的终结的人，而现在，他知道了相反的一面：他们向来站在他的一边（他离开了），认为他是正确的。

他在给兄弟姐妹写着心书，并在写好的内容里再添上一句亲切的骂人话。问题：“这些计划是否想入非非了？”自己十分确定地回答：“我无非在感受着他们而已。”

飞机响声有了变化。那种氛围离这位旅行者而去，而他还默默地继续说着（一边思索，一边编排着每一个词，仿佛他在写它们）：“那么说？如果说没有一种普遍的法则适用于我的话，那我将一步一步地建立一部个人的法则，我自己必须遵守的法则。我今天就要找好它的第一个句子。”

一个个云团在舷窗边闪过，后来在视野的尽头，那座城市从晨曦中显露出来，好似已被烧毁，有的地方还闪着微弱的火光，准备降落的飞机在大海上空绕着“8”字，大海空寂而汹涌，太阳在它的雾气上方冉冉升起。那是许许多多的城市之一。飞机的轮子触到地面时，机舱里所有的灯都亮了，一个个靠背前响起了掌声；是为着陆还是为这座城市呢？这下子，索尔格知道了，这一路上并不是只有他一个人。

出机舱时，他前面走着一个男人，他觉得这人很熟悉。那人回过身来，他们相互问了好，这才发现彼此并不是熟人。在出口，那个陌生人得体地弓身拦住了索尔格，请他和自己同乘一辆出租车。说话间闹清楚了，他们是同一个国家的人。“本来我是要马上继续飞往欧洲的。”索尔格说。然而，他随之却跟在那人身后，仿佛这就属于那个法则似的。出租车里，他抬起目光看着旁边行驶的一辆辆大巴里那些放松的脸，心里想着：“其实我倒是更想……”那人目不转睛地看着他说：“请您原谅。让您为我花费时间了。我需要您的好心。您看上去是那样好说话。”

到了城里，他们分手了。城里到处是气喘吁吁匆匆忙忙的行人。他们约好过后再见。在试图想象他时，没有睡足觉的索尔格只看见那个男人手中一个咬过的苹果，果核中向外透着亮光。

通常情况下，索尔格到了一个地方，总是急于“熟悉情况”，为的是能够及时找到自己的落脚地。然而这一次，他立刻就在世界都市饭店住下了。他的房间位于一座塔楼似的越往上越细的建筑的边角，有两个窗户，一个朝西，另一个朝南。从西边望出去，可以看见那个地势朝市中心沉降下去的大公园，里面有一个蓄着饮用水的湖，目光久久地落在那里——而目光望向南边，越过一片密密麻麻、层层叠叠、遮挡住街道网的屋顶，立刻就跃向天际。那些直插蓝天的商业摩天大楼从这一端到另一端锁住了天际。看样子，仿佛这个真正的都市是在那遥远的蓝色中才开始的。摩天大楼的前面是较小的住宅大楼，形成了色彩各异的平楼顶区域，绵延而自成为一体的风景，从那里，那一辆辆汽车鸣着喇叭，但身影却深深地隐没在像峡谷似的街道里，看上去要比那不计其数地在上方隆隆飞过的飞机远得多。目光从西窗和那片水面移开，在几秒钟的梦境中，这位观察者将这个封闭的体系看成是一个停工的工厂。湖上，一只只海鸥掠过浅灰色的水面。从另一个窗口看去，是一座大教堂的双塔，比周围那些高层建筑要低许多。索尔格感到疲倦，刚才还是精疲力竭，现在却成了自制和力量。他清楚地看见了这个陌生者的脸，有两个面颊，仿佛所有的肌肉都抽搐到一起；有一绺头发，贴到额头，在下唇的凹陷处好像又冒了出来。他听到他那跳跃的声音，一声高，然后又一声低，好像他在寻找正确的音位。一幢幢高层建筑那生硬的线条，一架架飞机的闪亮，一声声警笛的嘶鸣，它们犹如抛出的一条套索：房间里充斥着一种来自于整个城市的牵引力。

对过路旅客来说，与其说这是家饭店，倒不如说一座出租屋。许多人在这里要住好长时间，而且常常带着他们的家人。这位新到的人（忘记了睡眠需求）由一个身着镶边制服的电梯司机送往楼下大厅时，每一层都有成年人上电梯，还有孩子（膝盖都弯曲着），他们用不同的语言七嘴八舌地说着，直到索尔格（电梯运行了很长一段时间）终于作为“一个离开电梯群体的人”来到街上，在其他人的推拥下走着自己的路。

他有的是时间，可以绕道走。走在太阳底下时，从昏昏睡意中萌发出一种色迷迷的自我意识。每每绕道走时，他就越发强烈地觉得，许多地方重复走来走去，其间豁然展开一个个中间空间，这难道就是疲倦吗？

他一边以这样的方式为这个陌生的地方做准备，一边慢慢地拐进公园里。那里有一些花岗岩石块，犹如一架架被掩埋的飞机的机翼末端从草地上矗立起来。他在一块花岗石前停住脚步。然后他抬起头来，看到人们在两个山丘之间一片宽阔和雾蒙蒙的凹地中走过，就像北极地区的那些印第安人：在那个持续不断的行列中，此时突然跃出他那些故人的影像来。这些影像并不是产生于相像，而是只须凝神于这个世界都市南来北往的人群中就足够了。在这里和那里，在一个小小的手势里，在一条面颊线条里，在一瞥急促的目光里，在一条额头饰带里，这个图像自然而然地朝那些逝者延展过去，没有梦或者魔法呼唤。然而那些逝者并没有（像常常在梦境中那样）阻碍广大的生命活动，更确切地说，在激励这种活动，在重新发起这种活动。

与其他地区不同，这个世界都市为这位观察者调动来了他“自己的人”，不仅仅是那些生者，还有那些死者。在这里，他们在那些东奔西走的人身上又复活了。

看着自己那些故去的人灵巧地行走在人群之中，这位依旧活着的人不由自主地用手搓着花岗岩石块上一条条凹槽，这是出于对时间有了新的理解而生发的喜悦，从前他只能将它想象成敌对者。在这里，时间不再意味着孤寂和走向毁灭，而是意味着团结和安全；在一个明亮的瞬间（不知何时他将再次失去它？），他将时间想象为一个“神”，一位“善神”。

是的，他说了那句话，于是时间变成一种光。在这座城市的中心，这个光照向一盏被朝阳照耀着的公园路灯的玻璃罩。那玻璃灯罩很厚，浑浊不清，落满尘土，里面立着被阳光放大了的电蜡烛的阴影。它在城市的雾霭中闪闪发亮，让人这样看着它，又继续将人的目光引向那些从旁边跑过的狗身上：再从它们引向一摞放在一棵小树树杈上的五颜六色的衣服：再从衣服引向那些在树下太阳地里踢球的孩子们以及那个滚动在他们脚间的黑乎乎的球。

他像一个远古世界的人似的走开了，也要去别的地方分享在每个物体上重新开始的白天的光。迎面走来一个人，他的眼睛与一个闪闪发亮的金属箱子以及惨白的月亮似乎连成一个三角形。光变得太多了——没有与那些自然形态排列组合的重力联起手来，如何独自避免那极度兴奋的轻率和毫无结果呢？

他走进一家咖啡店，看起报纸。店里有一幅天气图，这个国家的各个地区在图上只被称作“极度寒冷”/“阵雪”/“温暖”/“晴有雾”。他深深地沉浸于其中，在杯子的叮当声和收音机里低沉的音乐声中，它们聚合成一个深秋中的亲切如家的大陆。在这个大陆最大的城市里，他像一个世世代代居住在此地的市民“喝着咖啡”，并“看着报纸”：在这里，索尔格完成了他的第二次，也是未来更加确定的回归西方世界的旅程。他看着外面一辆辆被阳光照得通亮的大巴，坐在车内纵向长椅上的乘客随车晃过，只能看见他们的后影，不过只是闪着各色光亮的发型。他置身其中的这个空间随之开始变得重要起来。

这家咖啡店很狭窄，只有一排座位，但往里却很深，犹如进了一个隧道。（长筒子似的屋子尽头打着灯光字：“女 / 水”。）地铁出入口就位于正面大窗户的正前方。外面水平方向过来过去的行人中，一再有人猛地一下奇怪地斜着向下退出画面，就像地铁出入口的阶梯，或者以同样的方式在四边形的窗前冒出来。这期间，首先让人看到的是脑袋。

索尔格听着身后这个都市人的说话声。那些声音并非总不带口音，但就是带着口音也是那么自信。他发现外面街道上孩子显得特别多，这也正是这里首先让人惊讶的地方。一个孩子走进店来，想买什么东西，但却没有。索尔格听见那孩子叹了一口气。这时，后面收银台边有人一边填着一张支票，一边大声与人交谈着，说出当天的日期，这时（所有的声响都消失了，只有收音机里的音乐继续不紧不慢地响着，咖啡机的蒸汽仿佛在穿越日期）在咖啡店里，在普遍喘不上气的情况下，时间变得具有更加持久的效力（索尔格在一眨眼的瞬间看见一个巨大的身影立在一片河流地区的上空），用一种暖融融的光波将屋子空间照得通亮。

这位目击者为此仅仅说了“世纪”和“和平时代”。他看到日历一页页落下，就像一部默片中那样。然而“时间女神”并未将这家突然间亮得像间大厅似的咖啡店从当天的日期中取出来，还有那些铁皮烟灰缸和糖瓶（它们成了珍贵器皿），而是相反，她将其与那些逝去的日子联在一起，直到这个空间（不再陌生，而是变得越来越像家）拥有了一个个世纪里所有那些继续有助于人类迈向某种可能的发明、发现、声音、画卷和形态。

一种共同的呼吸攫取了所有在场的人。光变成了物质，现时变成了历史；为了在其逃逸之前让目睹之事具有法律上的确定效力，索尔格起初在痛苦的抽搐中（就没有语言能够描述这一时刻），后来平静和客观了。他要记录下所看到的一切，使之具有法律效应，免得它又化为乌有："凡是我在这里所经历的，不容逝去。这是一个立法的时刻：它宣布我免除了我的罪责，免除了那自我承担的罪责，也免除了那后来感受到的罪责。它让我这个独来独往的、始终只是偶然有能力参与的人承担起尽可能坚持不懈地参与的责任。这同时也是我的历史性时刻：我在学习（是的，我还能学习），历史不仅是像我这样的人只会横加指责的序列，而且自古以来也是一个每个人（也包括我）可以继续和促成和解的**形式**。我刚刚感受过，迄今为止还是个局外人的我（当然也是个时而全力为他人着想的人）也属于那些形态的历史之列，甚至与里面咖啡馆里这些人以及外面街道上那些行人共同在其中发挥着作用，都重新被赋予了灵魂。在这个世纪的黑夜里，我被迫在自己的脸上研究着独裁者和世界统领的种种特征。对我来说，这个黑夜就此结束了。我的历史（我们的历史，你们这些人呐）理应光明鲜亮，就像这一时刻光明鲜亮一样；它直到现在似乎还根本没有开始：作为有负罪意识的人，我们不属于任何人之列，也不属于其他有负罪意识的人之列，我们无力在这和平的人类历史中一同振作起来，而我们的无形态只能不断导致新的罪责。我刚刚第一次看到了白昼之光中我的世纪，向其他各个世纪敞开着大门，而我赞同生活在现在。我甚至很高兴做你们这些同时代人中的一个同时代人，做尘世人中的一个尘世人：承载着我的（超越了所有的希望）是一种崇高情感——不是我的而是人类不朽的崇高情感。我相信这一时刻：我将它写下来，**它应该就是我的法则**。我宣布自己对自己的未来负有责任，我向往那永恒的理性，我再也不愿孤单。谨记。”

索尔格呆呆地与咖啡店镜子里的自己对望着，就好像在多少个世纪的深渊中望着自己，空虚而精疲力竭，是人却已石化。就在这一天，他被他自己的脸打动了。

他抬起目光，作为某种极为自然的事，他看见在西海岸地震公园遇见的那两个女人走在外面行人的队列里；他首先发现了她们的手，它们举起来打着招呼，等着他终究会注意到它们。他微微一笑，那两个女人很有风度地向他打着手势，消失在地铁出入口里：他们没准会更频繁地相遇。

后来有了一种奇异的变化：窗前的人群速度越来越快，他们在往一起挤，脸挨着脸，每一张脸都近似于恐惧，在匆匆经过时都显露出其所有的特征，最后占满了整条街道。几千双眼睛对着他发出火热的光。他看见这画面在晃动，觉察到自己又睡了一会儿。他感觉到胳膊里的热血，仿佛那就是与祖先的一种联系。他高兴地期待着同下飞机的那个男人。“我还能认出你吗？你会讲些什么呢？”

咖啡店里还发生了这样的事：看着桌面上的刮痕，索尔格趁机又找到了回归“他的”大地形态意识的路：他坐在这里，坐在这低矮昏暗的底层屋子里，犹如被四周高耸起的都市圈在当中，而那条已经封冻的河流的一片微光却在冬夜里闪烁着；一辆辆上下班人乘坐的大巴翻过重新显现的西海岸城市那个山口制高点驶入东方的晨曦，犹如翻过一个大陆上的分水岭。大洋上一个个波涛在他们身后翻滚着，在渐渐向空中升起的雾中清晰起来。不仅是桌面上那一道道刮痕，就连这家咖啡店的地面也在模仿大地的表面形状。它出人意料地朝收银台方向一个小小的凹地倾斜下去。索尔格走过去时，脚下的地不见了，也不过是在吓了一跳的那个瞬间里。咖啡店的地板似乎是直接铺在原样的地上，事先未经找平。由于内部空间的这种不规则，这个城市即使作为一个巨大的自然体也显得有了生气，来自地下深处的生气：继续走出户外，那条起伏不平的大街顺势也就成了咖啡店地面的延续，索尔格在一口呼吸中仿佛将整个岩石半岛都纳入自己胸中。走在人行道一块块花岗岩石板上，更加增强了这种空间征服感，使它具有了持久性。这时，他感受到这个似乎刚刚才从一个没有实际内容的石子路面上冒出来的城市的地下土层；那一栋栋建筑好像不再是单纯地搁置在这片土地上，而是与它结合成一体：仿佛这个石岛的的确确就是“摩天大楼的故乡”。这座城市甚至渐渐成了一个乡村式的聚居地，一个个带有凸窗的低矮房屋与大量小砖小瓦的高层住宅楼相邻而立。一个戴着圆点图案头巾的女人在等公共汽车，购物网兜里装着一个长棍面包，手里牵着一个背着书包的孩子。炎热的夏天在一块深深插在焦油中的砖头上还留有它的气息。而在沥青路面上一个个此时积着雨水的深坑里，乡村冬天携着它的冰面已经现身了。

在一处地方，在随处可见的高耸的楼房之间，索尔格放慢了脚步，意识到已经身在地理意义上的纽约最高处。他看到一棵槐树，风从树梢高处刮过时，它不仅失去了一片片叶子，而且失去了一根根枝杈。

索尔格在西海岸那座城市里从未去找过什么人，而现在他有那个从同一架飞机下来的人，一个可以去找的人。那个陌生人称自己为埃施，还一直目不转睛地看着他，就像坐在出租车里的那个早晨一样，仿佛索尔格人虽不在他跟前，但脸却一直浮现在他的眼前。

他们坐在一家宽敞的饭馆里，起初几乎只有他俩，面前有许多空桌子，但之后不久好像就全被客人占了，夜幕降临时，他们好像一拥而上就把老大的大厅装满了。整个晚上，地铁都在他们脚下颤动。他们的座位是一个隔间里的拐角长椅，只要一扬头，那里的一棵橡胶树的叶子就会碰到他们的头。大厅的背景是白色，还有从厨房里冒出的蒸汽，那一个个盘子动起来有那么一会儿像明轮船。

陌生人的嘴唇起初十分苍白，但过了一会儿就不再那么显眼了，即便在说话和吃喝时，他也常常将脑袋倚在手上。他说（其间他一再伸出舌头）："您别以为我要向您提一些问题。我并没有打算结识您。白天一想到我们的约定，我就对自己的心急感到遗憾。我盘算着根本就不来这里——当时我估摸您也是这么想的。"

索尔格不由自主地低下了头。当他再抬起头看时，那简直是个幽灵似的瞬间，仿佛在往自己瞪得大大的眼睛里看。后来他才发现陌生人在哭。同时那双眼睛的颜色也变成一个自在之物（还有那光秃秃的脑门也是如此）。他俩往隔间的深处挪了挪，没有一个人再能看见他们。那人向索尔格要了一块手绢，擤了鼻涕，然后说："您就好好听我讲一会儿吧。"他讲着"职场的失败"，讲着"无力竞争"，讲着"女人和孩子"，讲着"钱"，讲着"没有可能重返欧洲”，一段用了三句感叹的故事：“我根本什么也不知道呀！”——“我所能做的就是攥起拳头。”——（最后只有：）“唉，我呀！”

索尔格期盼自己的强大力量能够到来，让自己变成（这很困难）他俩坐在其中的这个小隔间，身子俯在这个偶然相识的人的上方，并且接纳他，因为这人已经对自己的状态感到惊讶，开始摇着头，其间又一次客气地借去那块手绢。他要等到另外这个人那呆滞而残缺不全的塑像渐渐重新恢复生气，获得一个开始滑稽可笑的、后来却令人喜爱的孩子脑袋，最后搓起手臂。如他所说，刚才就是从这里“恐惧忽地一下飞走了”。在这一刻，索尔格觉得自己从这深深的黑夜空间飞越出来，犹如从创造的战栗中飞越出来一样。在这一刻，连他自己都感到惊讶，他真想在身体上与这个人融为一体：仿佛这是唯一能使他维持生存的可能。然而到后来，一道强烈的包含着其他所有意愿的目光就足够了，这个陌生人似乎可以在其中仰靠了。过了一会儿，索尔格索性将目光从他身上移开——仿佛若要治愈这患病的世界，就要避开它较长一段时间。

这期间，他从一开始就觉得，仿佛他在聆听着是自己的故事；不是因为它有相似性，而是因为他在这位自责的人嘴里又听出了那个也常常使他本人否认自己生存权利的声音。但在这里，这个声音出自一个陌生人之口（不是自己内心深处的一架无声古琴），它没有诅咒他，而是变得可以让人看透了，看成有时不仅仅扼住他一人咽喉的荒谬。于是，索尔格打开“各个感官的大门”，离开自己和陌生人，可以成为那个“面带笑意的第三者”，赋予他们俩那欢快的秩序；虽说会因他人的不幸而震惊，他也依然在所见所闻中感受着一种淡漠的愉悦，无非就像是一个随行的观众。他甚至时而送出一个微笑，刚才还结结巴巴的埃施看出了他的微笑，感受到信任，便无拘无束地讲起来。

他描绘着自己的绝望，成为绝望的表现者：这并不是说，他在表演这种绝望——更确切地说，他为此成功地找到了一个个唯一恰当的表情和句子，并在唯一可能的时刻机智地将它们表达出来。起先作为自我的展示者，他描绘出一幅自身不幸的画面，既热烈，同时也简洁，因而成为自己真实情况的公布者；他就这样（与作为必不可少的对方的索尔格一起）避免了惊慌失措，对自己的听众变得挺殷勤，毫不做作。他一边精力集中地继续着自己的哀诉，同时在每次需要帮忙时都抢先伸手——斟酒、接账单。最后他已经完全控制了自己的状态，进而以一种滑稽的表情动作组合将它像最后一轮组舞一样展示给自己的这位观众。他说：“我经常会哭——您往这儿瞧！”果然他真的就有了眼泪，当然只是有一种迹象——紧接着他亮出颤抖的双手，时间同样很短暂——之后发际线上冒出明晃晃的冷汗，随即又马上消失了——随后又出现了一个欢快的停顿，不过讲述者（又是在恰当的时刻）中断了，对他的听众耳语道："我曾临近末日。"——然后将放着账单的盘子拿在手里，一支铅笔在盘中滚动着，他垂下目光看着盘子，声音平静地讲着自己故事的结尾："公园里搬出来的那些死亡岩石下午还立着，动物园里的猛兽笼都空了。现在这个晚上：手里拿着一个盘子，上面还有一支铅笔在滚动，这是怎样的惬意啊。我祝我们大家长寿。"

他指着饭店的水族箱，用一种自嘲自讽结束了他的展示。水族箱里放着几个花岗岩小石块，装点着那些观赏鱼。最后，他让索尔格注意相邻的隔间，表情严肃，没有什么暗示。隔壁隔间里，坐在里面的一个女人的一条漂亮的腿上下来回晃动着——此外再也看不到什么。他也不躲避索尔格的目光，立誓要"自然死亡"。（之前在回答一个有关死亡愿望的问题时，他的两个瞳孔只是快速地转开了。）

这时，陌生人有了食欲。他吃得并不贪婪，一举一动完全符合礼仪要求，就是喝酒，也是每次只抿一下；每一口饭菜他都要看上很长时间，然后带着对饭菜一往情深的神情送向嘴里。他说，他感觉到吃的喝的确实在口腔里

“放着亮光”；然后他送出一个微笑，持续了好多分钟：仿佛他就是这样来集结能量的。

索尔格看着这位进餐的人，学着他的样子，感觉到额头热乎乎的。他的脸被对方的脸覆盖住，最后也不再有另一个什么人了。

他们坐在这个隔间里，犹如坐在一座桥上。他们几乎不再说一句话。中间像同谋似的相互咧嘴笑着瞅瞅对方就足够了。他们沉溺于个人的想象之中，各想各的，但在其中却有着共同的惬意。“一个神在和他们消遣。”索尔格甚至睁着眼睛睡过去了，是被对方的声音唤醒的，但只听到最后一个句子：“您是第一个听到我讲述这些的人。”——这人讲了些什么呢？

苦难自然又一次在这人身上施展着余威。从洗手间回来时，他迷失了方向，自己毫无察觉，在一张桌子边坐下，左右都是陌生人，后来索尔格把一动不动地坐在那里失神地望着前方的他接了回来。

他以前该不会也常常抓错酒杯吧？他的套装马甲从前不会是反穿着吧？“强大的力量，赶快回来。”索尔格成了他的代言人：给他发出指令，不许他做这做那（再度陷入恐惧中的他倒是乐于服从）；宣布把他从痛苦中解脱出来；预言他将有一个美好的未来，最后还为他祝福。接着，那最后的霉气从这位如此被劝来劝去的人的嘴上消失了，这位“绅士”的脸上只显露出一种“悲伤的满意”，后来衣帽间的那个女人这么说。

他们并没有出门“进入夜色之中”，而是从饭店走到街上，犹如从这座城市的一个空间走入另一个空间。埃施好像就是这些空间的主人，他走到门口就要踏出去时，甚至当着索尔格面前打了一个邀请的手势，他把索尔格当成了客人。

索尔格曾听人说起过中国一座奇特的圣山，它对外国人来说是禁地：据说，站在它的顶峰，中国人在下方的云中可以看到自己的影子，而从影子的特殊形状中可以解读出自己的未来，不过只有运气好碰到合适天气的人才能看到。在纽约这条被黄色灯光照亮的大街上，他俩自南向北，也就是从“商业区”往上面的“非商业区”走去，穿过半个城市，互相送对方回住处。就在这条大街上，就在这个夜晚，也出现了一个奇特的影子：这条大街到处都有一团团蒸汽透过沥青路面从地底下冒出来，颜色极白，闻着有一股热烘烘的糕点味，常常还带着细微的嘶嘶声，在眼角的余光里犹如一条条浅色的狗在跑动，在夜风中它们很快飘进暗色之中。就在这众多蒸汽团其中的一团上，显现出这个奇特的影子。在一处地下工地，一根口径极大的白铁皮通风管高高耸出街道地面，白色的烟雾从工地升腾而起，比其他的浓得多，也粗得多。那烟雾并没有立刻向一边散开，而是高高地冲出工地，形成一个稳定的汽团，但却在不停地改换形象。纽约有不少极其明亮的路灯，其中一个将人行道上一棵小树的影子投到这团蒸汽上：这个蒸汽团既屈从风，也屈从下方上来的一股股有节奏的推力，或变粗变宽，或重新冲向高处变细变瘦，汽团上的树影也或变大或变小——这时，它膨胀得大而模糊不清，紧接着又收缩起来，颜色深黑，被勾勒得十分清晰。就在同一时间，没有相互约定，两个漫步的人停住脚步，观赏着蒸汽团上有枝有杈的树影，枝杈上甚至还显现出个别悬吊的树叶。当然没有人提什么关于未来的问题，也就是他们能在那嬉戏的黑影中找到答案的问题——确切地说，看到这种（既不属“禁地”也不算多么“神圣”的、任何人都可以享有的）寻常景象，对于剩下的路段来说，一种将他俩毫无差别地纳入其中的现时开始占统治地位。在沥青路面上每走一步，他们都感受到土地那行善事似的硬度。

难道出现在这条起伏不平的大街上的这种美又仅仅是个匆匆的过客（只是偶然让这两个人生地不熟的夜游人碰上了）吗？难道那无与伦比的、有黄色的灯光、有耀眼的白色蒸汽、有似乎在蒸汽上吐着气前摇后晃的树影登场表演的舞台又将永远消失在**永恒的无形**之中吗?

索尔格和埃施在这条大街上继续走着，其间也有众多的夜间行路人与他们同行。这条“现时的大街”成为自成一体的地区，在他们面前显示着生机，有一个个属于它的奇特的街角，有处处目光无遮无挡的地方和一个个突出的建筑物，犹如一个为它的常年居民而形成的地界分明的城区：在许许多多的橱窗里，还真的立着邀请人们“来这条街上用星期日早餐”的牌子，仿佛这条从中间横穿都市的大街是一个传统的出游地。大街的这一边，每条横街的尽头都能看到那个如同跌入黑暗的公园。公园中不时有微弱的光从那些石头山包上闪过来。大街的另一边挂着残月，每走过一个建筑群，它都向顶点升高一点儿，都会洒下新的辉光，颜色渐渐——可以感觉到越来越冷了——变成白色，随后将一个宽敞的院子照得通亮。两人走到一个十字路口时，它消失在一片仅仅反射着城市灯光的云雾中。他们在十字路口旁一家通宵营业的超市门前停下来（似乎这里就是分手的地方）。后来，一堆又一堆模模糊糊的影子在沥青路面上奔跑着，那些与之相关的形体也立刻随着它们而来：大片的雪花晶体，它们纷纷扬扬地从夜空中落下来，不断发出轻微的沙沙声。埃施说：“放在几个小时前，我在这些幻影中还会看到老鼠。”

他们现在位于美国辽阔的“阵雪”地区（想象中的图像：一个乡村丘陵地区，有一道道小车的车辙印和一个孤零零的木栅栏桩）。他们有时间并肩站在扬扬飘洒的雪花中。时间已经过了午夜，但直到这条大街的深处，到处都还有移动的人，有的向上走，有的往下走。有些人已经在收拢停在路边的车顶上的雪花，准备用它们打雪仗。

在他们近旁，一个女人拥抱着一个男人，男人十分惬意地回头看着回应她。但当男人在聊了几句之后想抚摸女人时，她的头却躲开他。他低声劝着她，再次开始宽慰她，用整个身体把其间已僵硬的她拉到自己跟前——后来突然间做了个停止的手势，将身子扭向一边。他双颊绯红。这时，索尔格才注意到那两个人年龄那么小，那个滑雪教师浮现在他的脑海里。作为死者，滑雪教师曾有一张极其失望的脸。索尔格把这个家伙完全放到自己的世界里——这就是说，放进这让整个世界都在闪闪发亮的雪夜里，放进这疗效很强的冬季空间里，让他在那里复活再生。

后来他发现，就像一段荒诞的描写在嘲笑人类世界，在人行道上闹别扭的那一对可以说又跑到超市里，在紧靠窗户的地方再次登场了。他们成了收银台边两个年龄较大的男人（坐在收银台后面的是一个白人，站在收银台前面的是一个黑人），他们相互扫了一眼，仿佛除了他们分别是

“雇员”和“顾客”以及“白人”和“黑人” 这个肯定可以算作的事实之外，在两人之间刚刚爆发了比个人间的敌意更为糟糕的事：有伤脸面的、让人头脑混乱的、可悲可叹的缺乏理解——他俩谁也不愿意这样，这样让两个人同样不愉快。

与外面大街上那年少的一对儿不同（人行道上的男人偏着脸又在怯生生地挠着女人的痒痒），超市里那两个老人脸色煞白。他们什么也不说，也几乎一动不动（只是黑人把他那棕色的纸袋子捏来捏去）。两人都低垂着目光不看对方，各自的眼皮都在颤抖，没有请其余的人评价是非或求助他们，哪怕是一次。其余的人都拿着他们要买的东西，排成一条冰冷凝固的队站在他们身后，根本不是在等候，同样脸色苍白，一声不吭，各自站着；等到那个黑人终于无声无息地动着嘴唇打开大门时，收银员才抬起头来接待下一个顾客——然而他并没有（像外面的目击者所期望的那样）朝顾客笑，而仅仅是（没有任何具体对象地）露出他那双深色的、无神地瞪圆的、有那么一瞬间还闪着祈求之光的眼睛。

黑人不时举起他的胳膊，走进夜色中的大街，索尔格目送着他。这时，一道光突然扫过他们所有走在路上的人的脸——还包括一群在远处的黑暗里等公共汽车的人，随后又顺着一幢幢建筑的墙角继续扫过街道，就像一束正在搜索的探照灯灯光，尽管大街上根本就没有车在行驶。接着，大地发出颤抖以及随之而来的气流。一切都不言而喻，扫过人行道栅栏的那道闪光来自在下面行驶的地铁。

索尔格看着已经将身子转向半暗处的埃施，他立刻对这目光做出回应，两人此刻一次次互相望着对方，仿佛是在一个内心的圆弧上描画着他们共同的路：先是在热切地寻求办法时无奈地睁圆了双眼，然后“像知情者一样”半闭上眼睛，随之又近乎无赖地向对方眨着眼睛，最后只是恭恭敬敬地告别（似乎他们知道他们也可能是敌人）——直到他们的目光各自离开对方伸向夜色中的城市。在那里，秋叶夹裹着雪在进地铁的人身后飘舞着，朦朦胧胧的城市上空，一架接一架的夜航飞机不时突然在空中亮起来，犹如在一条附加的大道上飘浮。

最后，埃施递上了自己的（一个“悲伤的商人”的）名片，将他的“欧洲钥匙”弄得叮当直响，以显示他具有回乡的能力（这时，索尔格才发现自己根本没有钥匙）；他做出极为顽皮的脸（此时他将脸凑到对方的近前）指责索尔格一时心不在焉，这也是“有罪责的”；他背诵着一首诗歌的片段：“美的行程短暂 / 如雪光中一梦”。临别时，他将自己的帽子送给了这位“同胞”。

那场灾祸不仅仅是延迟了吧？不会有人死亡！索尔格有力量祝愿，这个世界的宁静开始了。风变换着方向。雪和树叶朝大街高处飘舞而去："我们所有的人都在那里飞！"

这家饭店的接待厅与众不同，它比外面的街道低：好几级台阶从街道通向这个灯光耀眼的半地下层。时到深夜，这里空荡荡的，电梯司机在远处一个角落里坐在板凳上睡着了，从入口处看不见看门人，但却能听见他的声音，他向这个可以从后面的墙镜里看到的人打着招呼："回来晚了？"一时间外面的空气从慢慢闭合的大门间嗖嗖地钻进来。随后大厅里的声音突然小了许多，这个回来晚的人要了一个越洋电话。

他坐在侧墙边一个绷着红色套子的扶手椅上等电话，旁边是那个睡着了的电梯司机，一头白发光溜溜地向后梳着。只能听见这个空间特有的声音：一台空调吱吱响着，一台制冰机每咔嚓响一声，里面就吐出一个亮亮的冰块。一个急步而行的人穿过大厅，走到另一面侧墙前，身上和扶手椅一样红。开着门的电梯前有一道黄铜栅栏，它将自己饱经岁月的光泽渐渐洒进（与整个旅店一样）起初只是给人牢固之感的大厅里。他上一次有闲暇注意这些毫不起眼、没有戏剧效果、只能暖暖人心的东西是什么时候呢？

“难道我想要的更多？只求心满意足地拥有周围之物那既属尘世又属天堂的魅力，这不就是我梦中的生活吗？”

后来电话响起刺耳的铃声，索尔格摇摇晃晃地进了电话间。他激动地说着，同时感到一种奇异的疼痛，就像在动一次手术。那疼痛将他从胸腔最深处往上直到额头切了开来，还伴随着一种折磨人的声响，那是他极具个人特色的笑声。(“你们那里在过什么节吗？”电话里问他。)

电话打完后，他依然毫无感觉地坐在昏暗的电话间里，只是还活着。回去的事他根本就没有提，而别人也没有好奇心。只有一阵尴尬的笑声表明了他的心情。索尔格心里明白了，根本就没有人需要自己。他就该如此，他坐在那里浑身冒汗，耳中还萦绕着其他声音，想说的总是同样一句话。同时，他还一直在默默数着从街道通向大厅的台阶。他期盼所爱的人到来，他们到了（他们整个时间都在相邻的空间里）；同时那浩瀚的大洋横在他们之间。

“他无非是个动物。”

这是谁说的？他猛力推开电话间的门，看见夜班看门人隔着挂钥匙那面墙上的一个小窗子在和女接线员说话。她在隔墙的另一面，好像是坐在一个隔间里，面前是一个个插销接头。那句话似乎不是说在场的任何人：索尔格不由得朝闪着亮光的电梯司机望去，此时他注意到司机面颊上有一个流血的瘊子，制服的肩上没有饰带。看门人又对小窗口里的女人说：“他是一只动物——是一只已经发疯的动物。对付发疯的动物的唯一办法就是灭掉它们。”

更加深沉的夜降临了，像突发的（同时又是无法理解的）预感涌进灯光温馨的大厅上方，空调的叶片咔嚓咔嚓响了一会儿，大厅里的四个人仿佛失魂地坐在一列幽灵火车里：在空间/时间的一次抖动中，那几张脸扭曲成一个个往死里打的面具。这些面具显露出不可改变的凶恶，回响那暴力历史的一个个口号，也包括这个国家的。这个国家有时确实曾“神奇地”展现在这位外国人的面前。这微微的一抖足以将这明亮如昼的前厅连同门前这座灯火辉煌的城市荒芜成热带丛林的余象，一把把刺刀的黑影从四面八方穿进这个余象里。这列火车发出一声吼叫，其中还能听见电传打字机的嗒嗒声。在看门人昏暗的脸上，索尔格辨认出一张印第安人的面具，它表现出一个“失去自己灵魂”的人，在那木头似的双颊上蹲着两只老鼠，正在吞食着灵魂——当然后来证实，看门人刚才只是在读一份报纸。

现在到底什么是有效的：是那美丽的序幕还是后来那可怕的混乱？“我想要什么呢？什么对我来说是真实的呢？”

放钥匙那面墙上的儿童绘画是真实的；女接线员那双因为困而一动不动的眼睛是真实的；让很大的声音惊醒的

电梯司机那威风的神情是真实的，他用这种神情将索尔格请进了那装着玻璃枝形灯架放着红丝绒座椅的电梯；这位老人的一缕缕白发、歪斜的双肩和亮闪闪的漆皮皮鞋是真实的。他那一缕缕白发整整齐齐地平行排列着，因蘸着什么液体梳过而显得挺挺的。电梯缓缓升向塔楼里的房间时，他站在那里背对着乘客，说着听不明白的告诫话，最后竖起两个手指做出放行的姿势，手指间夹着小费：“这还有点儿意思！”凡是宁静的，都是真实的。

短短的走廊里弥散着一股油漆味。索尔格发现，他那早晨还是绿色的门已经被刷成了深红色。在夜色中回饭店的路上，一家白天还码着一堆堆闪光发亮的水果的商店不也变成了一个烧黑的窟窿吗？窟窿里的灰烬中不是只有个别皮绽肉裂的苹果吗？（他大衣后面有几道深深的口子，好像是剃须刀片划的。）

索尔格心里哼着那位歌手的一首歌走进房间。这首歌说的是一个人为避免身陷“死亡洞穴”甚至“准备像一个拙劣的侦探到处乱涂乱画”：“天生的赢家”。房间里的床好像是双人的，两边床头柜上的灯都开着，洋溢着黄色的光线。亚麻被单上的皱褶组成了一个世界地图的模样。在一呼一吸的瞬间，索尔格经历着从在遥远的欧洲出生至眼下现时的整个时间，那是缓缓的持续不断的上行运动。其间他感觉到，他是自己变得强壮起来的。

他又拉开了窗帘，打开了百叶窗（窗户玻璃前飘舞着飞蛾似的雪花，夜色漆黑），翻看着这些年的一本本笔记。在看的过程中他明白了，自己关于那篇计划中的论文的想法发生了巨大的改变，对各种时间长久的自然空间的兴趣掺杂进了一种因种种空间**形态**引发的惊恐。就在“我索尔格”几乎可以说成了“它们的瞬间”的地方（不仅仅在大自然中），那些空间形态只是以片断的方式形成了，而那个瞬间同时也使那些空间形态成为一个个时间现象。然而对于这些倏忽即过的、几乎没有给记忆留下话语和图像的一个个独一无二的现象，难道就没有一种术语吗?

那个沉重的东西，那个光滑的东西，索尔格看见它就在面前，同时要挤出位置来在内心接纳它，那是一座玻璃山，它阻挠他归乡。他朝白色的床铺望去，犹如在看着一种逃离的可能性。难道这些未经证明的短暂空间就因为与那个最深层的人物交织在一起而不太适合作为重述的对象吗？正是那短暂的“空间环绕”每每令他兴奋不已，成了幸运的认识事件，而它随之则要求以某种**形态**存在下去，并这样传授给他一种真正的人的工作的观念。在这里，他与这个世界之间的厌恶感和分隔的痛苦或许都被消除了。事情难道不就是这样吗？然而你怎样会如愿以偿地“讲述”

那些自身连“逐渐”都不知道的空间呢？

索尔格将那一个个记录本摊在桌子上，于是每个本子都显露出自己独特的颜色，整个桌面仿佛变成一幅地质图，而图中各种各样的颜色则意味着各种不同的地质年代。一种巨大而不确定的柔情袭上他的全身：自然他希望有一种“附加的光”！他一动不动地站着，弯腰看着那五颜六色、有些地方因年久而发白的图案，直到自己成为其他颜色中一种平静的色彩。他翻看着一个个本子，觉得自己消失在文字里：消失在一段段历史里，消失在阳光和雪的历史里。现在他或许可以说服所有的人来自己这里，而这深色的地球仿佛是一台可以掌控的机器，甚至是可以让人破译最深处秘密的机器。

“伪造！”：然而此时这已不再是谴责罪责，而是一种救世理念：他，索尔格，或许要写出一本“伪造的福音书”；充当伪造者当中的伪造者，这是一个伟大的想象。（单个的伪造者仅仅适合做不完整的事情。）同时他觉得自己有能力承受失败：已经通过“自己”的拱门消失了。水流淌在一条小溪中，水中夹带着一个个冰块。

睡在床上，他在床垫上拍打掉最后的孤独，一边关灯一边祝所有的人万事如意。昏暗的房间里那一件件物品在拖着亲人的声音说话。他看见了两只眼睛，从它们那里感受到了爱；或离得很远，或离得很近，的确有一个声音在他耳边说着："我爱你。"他停住了呼吸，他充满了乐趣，后来他睡着了。

欧洲在他的身下，成了响着夜之回声的迷宫，迷宫里响着刺耳的汽车喇叭声。他看见了那部描述他的人生的**大手稿**，甚至从中读出了一个句子（它十分清晰地从其他字词中凸显出来）："他毕竟就是他，镜子、虚无和威严相互触摸着。"

这是一个演绎着种种变形的睡梦：塞在双膝之间的胳膊变成一棵树，一根根手指化成树根扎进泥土里。并非只有他一个人：在阿拉斯加那个印第安人村落的电话间里，劳费尔那不受管束的肩膀在一条宽宽的裤子吊带下一耸一耸的；太平洋那边那个邻居太太的眉毛变成圆形；埃施借助一个著名演员的脸给地球施着魔法，而索尔格则是囊括他们所有人的百搭[1]。

后来在一个阳光明媚的雪原上，他们一起坐在一张餐桌旁开家庭会（其中还有一些不认识的人）。一棵枝杈像驼鹿角的果树上挂满硕大的黄白色早熟苹果，树下雪地里也有很多苹果。

[1] 百搭：扑克牌中的丑角牌，可以替代任何点数的牌。

同时，他的各个感官依旧保持着清醒的状态：他合上眼皮，看着曙光降临，透过隔墙上的那道门听着隔壁房间里一个人诅咒着天地间所有的人和物，一直诅咒到夜色离去，也没有停过一次，冗长而乏味的列举越来越混乱。

那枕头像一个婴儿的光脚掌触摸着他。醒来时，他内心里有一个小孩在活动。这孩子后来静静地朝外望去，睫毛一眨不眨，在与自己的呼吸嬉戏。凡是他自身从器官上所希望的一切，都是互相关联不可分割的；而所有非器官的东西都是毫无关联的。

“这就是我！”

有一次，索尔格对如愿以偿的一天有过这样的想法：在这样一天中，晨去暮来，有亮有暗，这一事实肯定就足以构成美了。向纽约辞行的几个小时里，他又有了这种感觉，他迅速而轻手轻脚地起了床，“用这个城市的水”漱洗完毕，心境既欢快又冷静地经历了一个漫长的天色放亮的过程，仿佛昼光特地为他稍稍延迟了到来的时间。他光着身子，而且很乐意就这样展现给别人。他在腋下感受到自由，在脑袋里感受到一种极强的洞察力；他可以沉入任何地方，而那不会是死亡。雪已经停了，西边渐渐明亮的天空悬着就要落山的深黄色月亮，像一只先前逃走现在又归来的家畜（“你到底是又回来了”）；众星像一个个模范在四周闪烁着。远近的景色同时跳到了眼前，因而既可以看到身影模糊的鸟从塔楼窗户左右飞过，又可以望见新泽西州已披上白日光芒的群山在天际延伸开来。一片黄色的光从下面深处一条条看不见的大街里漫出来，但只照到一座座高楼最下面的几层，其余部分依然矗立在黑暗之中，不时有一道道看不见的汽车的远光灯在高层一排排窗户上画着圆圈。公园沉入市区，湖水的灰色真切地飘入眼帘；心形的水面因黄中泛绿的颜色变得又大又平静；海鸥栖息在昏暗的湖面上，只要其中有一只原地扇起翅膀，便会显现羽毛的白色。弧形的湖岸边有一溜儿积雪，如同凝固的波浪。第一批跑步的人已经像湖水本身那样十分信赖地围着湖跑，仿佛在用他们的大腿迎接这个世界。随着太阳的升起，湖水很快变成蓝色，闪出粼粼波光，风拖着暗色的轨迹在水面上恣意而行，突进，戛然而止，改换方向——最后，晨光终于与水波分离，作为昼光到处洒满城市空间。索尔格想象着自己站在底下的湖边，望着高楼上他此刻正站在里面的这个房间，呼吸着淡薄而给人力量的空气。烟雾犹如一个男人的身影走过所有的屋顶，公园的每棵树上都纷纷扬扬地洒下上面的积雪。

“这就是现在！”

每次眺望这座城市时，都不会再次出现（以及确认）在别处经历过的、本以为已经消失的其他事件？——就连这间客房也掠过飞鸟（和飞机）的影子。相邻高楼的顶层有人穿过一个个阳光斑驳的房间，胳膊夹着一摞毛巾，毛巾一会儿亮一会儿暗，就像一条小溪里的水在一块色彩斑斓的鹅卵石上流过。一个移动物身后跑来一条狗，它作为海鸥升向空中，在湖水中照着自己的身影。“要获得再现的感知力！到下面去找那些人。”但之前一个整理房间的女服务员走了进来，她说：“上帝保佑你。尽快与家人联系。”（然后喘着粗气看着他。）

索尔格又进了一座教堂参加星期日弥撒，由一个身穿黑色衣服、扣眼里插着丁香花的男人（您想在哪里祈祷？）专门陪着走到长椅边。（这个星期天首先向他展现的是寥寥无几的汽车，它们远远地在几乎空荡荡的、水灰色的麦迪逊大街上一起一伏，像一条条小船。）信徒们的面容被捐献袋上的铜条映得发亮，募捐人一只只手在一根根铁条上弄出面包师从烤炉中拉出面包时的声响时，随同捐钱的索尔格觉得自己在与金钱结伍。当这面包变为上帝的身体时（“晚餐后他同样拿起这杯来”），当这酒化作上帝的血时，一种震颤传遍这个世界。

众人“以同样的方式”去领受圣餐。“我，索尔格”，又是作为辅弥撒者[1]以同样的方式在地毯边上绊了个踉跄。这个成年人态度坚决地跪了下去。一些素不相识的人以同样的方式向他问好。在上午明亮的大街上，他从一队高高兴兴地送葬的人身边走过。站在相邻的大街边上，他观望着一支南斯拉夫少数民族的游行队伍，他们的穿着相当军事化，他的先辈还曾被归为那个少数民族（还有极小的孩子，几乎刚会走路的孩子，也一身民族穿着，踉踉跄跄地跟随在队伍里）。公园里，他看着一个接一个从自己身边跑过的人（身后一再响起剧烈的喘息声和踢踏声），他们与那些只是走过去的人不一样，再未显露出熟人的面容特征：他甚至确定有一个欧洲上大学时曾与自己关系不错的男人疲惫不堪的脸显现在人群之中，随后他也就匆匆地望了望，那又变成了一个陌生人的背影，一片暗色汗迹的背影。就连另外一个跑过时用明亮的眼睛盯着他看的人也仅仅说了句："**多像**瓦伦丁·索尔格！"——他们或许永远不会再相见了。

这另一个大陆的最后一个画面，索尔格是在一个博物馆里经历的。面对着那些作品，犹如面对着一个个严格的（并且还毫无顾忌地发出噼里啪啦响声的）榜样，他渐渐挺

[1] 辅弥撒者：举行弥撒仪式时神职人员的帮手，多由小孩充当。

立起身子。在它们还在为他增添力量时，他高高地站在博物馆内那巨大的石头台阶上，仿佛就在一次充满力量的心跳中，一幅幅画面展现在他的眼前：大厅里黑压压一片，熙熙攘攘摩肩接踵的人群挤得水泄不通；再穿过那些像房子一样高的玻璃大门，就是通向这座（坐落在公园边上的）建筑的岩灰色的 82 号大街的整个纵深；在那条与好几条车水马龙的大街交叉而过的街道尽头，从那个与曼哈顿岛比邻的、被称为**东河**的细长海湾闪烁着一片灰蓝色光亮；在那条状水面上，一片白茫茫的鸟群一直飞来飞去。每当转身回飞的瞬间，那白色的鸟群就变成透明的。

天又下起了雪。孩子们在外面的雪花中旋转着身子，在雪花中伸出舌头。一个个卖面包圈的摊位冒着烟。后来，天色变暗了——在这样一个居住着平民的、生机勃勃的区域里，从这个内空间一前景的大理石台阶直至后景中天际处的海湾已不再有距离可言，那一辆辆汽车或疾驰或拐弯；那一个个行人或站立或行走；那一个个跑步的人一个接一个向各个方向或急奔或冲刺，这是一种渐渐向黄昏中移动的情意切切的秩序。索尔格迫不及待地要加入到这个秩序之中；他被这样的意识攫取了，要凭着自己的目光参与到现时的宁静之美和黄昏的昏暗乐园中来，因为这目光把自己早先的经历那样深化了，具有从容穿越空间的能力，此时此地能让他获得成功。

“噢，慢悠悠的世界！”

他那渴望的力量从内心最深处的自我喷薄而出，直至最外层的世界，因为它要将他这个独来独往的人与这个世界整体永远地连在一起。然而，为什么恰恰伴随着这种渴望的力量，立刻就会出现了一种苍白无声的闪电之光呢？在这种闪电之光中，那如此强烈渴望的东西又轻轻地、几近柔缓地离他而去，同时有一条张在大地之上的死亡之带的空寂显现在面前，削弱他的力量，让他突然之间又晕晕沉沉地返回自己之中。不过从所有的自私行为升华到所表现出的果敢坚定，而且只剩下对充实世界的志趣的热情（“我想拥有你，我想做你的一部分！”），只有在这时，他才为认识到一种无可补救的缺失而深受触动。这种缺失既不是因他个人而生，也不可能被归结到这个无论如何也很可爱的星球的这一历史时期。他不再期望进入另外一个时代——然而在现今时代，虽然怀着最纯真最热切的激情，可他从这个世界所能企及和所能悟透的东西却还一直**少之又少**。

难道他就从未觉得自己富有过吗？楼梯边上挤满了休息的人，他坐到台阶上，将鞋带解开又系上，速度非常慢。那些管理人员已经在拍着手掌，众人踏着小小的步子在他们面前向出口移动着。索尔格，刹那间，你的脑海中闪过一个想法，人类的历史似乎很快就要完结，一片和谐，没有惊恐。是的，会有仁慈。（或者？）那种没有幻想、吸血鬼似的愁苦放过了你，你感受到自己的眼睑仿佛涂抹着永恒而野性十足的对解脱的需求。一声深深的叹息不仅穿透了你，而且穿透了整个人群，你用新获得的力量抬眼望去，寻找着与你的眼睛似乎一样沉重的其他眼睛的目光。想到自己不得不马上离开这个宁静的舞台，你感到惆怅，最后感到切肤的疼痛，因而希望自己至少应该是最后走出博物馆的人之一。然而这疼痛中的美在于，大地在其中升华了（一如史前时期石灰岩在高温和压力的作用下变成了如今在你脚下闪闪发亮的大理石）。

这是在飞往欧洲的夜航飞机里，仿佛是你，我亲爱的索尔格，在你“第一次真正的旅行”中。在这里，正像人们所说的，你在学习“什么是自己的风格”。在你的身前身后，那些婴儿悲伤地大呼小叫，等他们终于平静下来之后，便瞪着深色的眼睛凝神而望，犹如一个个先知。你不再知道自己是谁。你的伟人之梦在什么地方？你**谁也不是**。在第一缕晨曦中，你看到了烧焦的机翼。你们那一张张熬夜之后的脸上犹如涂抹着果酱。空姐们已经穿上那城市的鞋。空空的银幕刚才还映着日出的亮光，现在暗了下来。飞机隆隆地穿破一个个云团。

“飘然欲去的脸！

我脚边的石头将你送到近前：

沉醉于它们之中，

用它们压住我们。”

（1979年）

圣山启示录

梁锡江　译

“今天晚上我答应给你们讲一个童话，通过它，你们既不会回忆起任何事情，也将回想起所有的事情。”

——歌德《童话》

大弯路

回到欧洲之后，我每天都需要文字，就好像每天都需要面包，然后又重新读了许多东西。

在施蒂弗特的小说《水晶》[1]里面，有一个偏远的小村庄，里面居民的生活仿佛亘古不变。如果有一块石头从围墙上掉下来，这块石头还会被重新嵌回去。新建的房子造得与原来的老房子一模一样，受损的屋顶也会用同样的木瓦修好。这种持久的稳定性在家畜的例子上显得尤为突出和明显："家里的动物永远保持一个颜色"。

然后我也曾在这样的颜色里待过一阵子。灌木、乔木、天上的云，甚至街上的沥青都焕发着一种光彩，这光彩既不是来自那天的日光，也与当时的季节无涉。自然造化与人工营造，彼此交错，赋予了我一种幸福的时刻，那是我

---

[1] 施蒂弗特（Adalbert Stifter, 1805—1868）：奥地利小说家。这里提到的《水晶》（*Der Bergkristall*）是其一部短篇小说。

在半梦半醒之时见到的画面中所熟悉的感觉（但却没有后者那种总是预示着最坏或最后的情况即将出现的危机感），拉丁语里面把这种时刻称为“Nunc stans”：永恒的瞬间——矮小的灌木丛是黄色的染料木，散落的乔木是棕褐色的欧洲赤松，云彩在升腾的雾气的掩映下呈现淡青色，天空是蓝色的（正如施蒂弗特在他的小说中所描写的那样平静）。当时我正站在“塞尚之路”[1]上的一个山丘上面，这条路从普罗旺斯的艾克斯市向东一直延伸到托罗奈村。

一直以来，对我而言，区分颜色、乃至于对颜色命名是一件很难的事情。

那个有点喜欢卖弄的歌德在他的《颜色学》中曾经讲到过两种人，我在这两者身上都重新部分地发现了自己的影子。例如，这两种人都会彻底混淆“玫瑰色、蓝色和紫罗兰色”：只有通过细小的明暗与强弱的色彩对比，他们才能将这些颜色区别开来。其中一种人会把黑色看成淡褐色，

[1] 本书的德语标题原意是《圣维克多山的启示》（*Die Lehre der Sainte-Victoire*，法语发音应为“圣维克图瓦山”，但国内大多译为前者），出于简练的考虑，译者将其改为《圣山启示录》。圣维克多山是法国普罗旺斯地区的一座山峰，法国绘画大师保罗·塞尚曾为此山画过几十幅油画，因此这里也成了塞尚绘画爱好者们的圣地。当年塞尚曾背着画具，由艾克斯市向东，沿托罗奈街道一直前行到圣维克多山，一路走，一路画——这条路，后来被称为“塞尚之路”。

把灰色看成淡红色。另外，这两种人对明暗的层次变化都感觉非常敏锐——他们可能是一种病态，但是歌德认为他们还属于难以界定的类型。当然了，如果有人在和他们聊天的时候很偶然地询问他们前面摆放着的物体的颜色的话，那么询问者就会陷入极大的困惑之中，并且担心自己会疯掉。

除了单纯的对自己的再发现之外，通过科学家歌德的说明，一幅将我最遥远的过去与现在统一起来的画面在我面前展开：在“Nunc stans”的某个接下来的瞬间，我看到当年的人们——父母，兄弟姐妹，甚至还包括外祖父母——与现在的人们统一起来，他们都在利用周边的东西来取笑我的颜色认知。那看起来简直就是一个让我猜颜色的家庭游戏，这时困惑的人当然不是他们，而是我。

但是与歌德所描述的两种人不同，在我身上发生的并不是一种遗传疾病。我在周围的圈子里面是一个特例。尽管如此，随着时间的推移，我认识到，我并不是人们一般所说的那种色盲，也没有患上某种特殊的色盲病症。有时我也能看见我的颜色，而且是正确的颜色。

不久以前，我站在温特斯山[1]山顶的雪地里。就在我

[1] 温特斯山（Untersberg）：奥地利萨尔茨堡西南面的山岳，最高峰海拔 1972 米，当地传说这是一座魔山。

头上不远、差不多手可以够到的地方，有一只小嘴乌鸦静静地在风中飘浮。我看到鸟儿那蜷在身旁的脚爪，脚爪呈现鸟类典型的黄色；翅膀在阳光的映衬下呈金褐色；天空呈蓝色。在一个广阔的透明平面上，这三者形成了不同的轨迹。在那一刻，它们给我的感觉就像是一面三色旗。那是一面没有任何诉求的旗子，一个纯粹由颜色组成的物体。也因为它的存在，那些用布料做的旗子，那些到目前为止主要只是负责遮蔽景象的旗子，至少也变成了一些可以被观赏的东西；因为我的想象世界自有其温和的理由。

二十年前，我曾经参加过入伍体检。那个平时对颜色没有自信的小伙子，也就是我，在色盲测试中非常准确地找出了隐藏在那些花花绿绿的碎点中的数字。然后我回到家中宣布体检结果（“准予服兵役”），继父——我们平时彼此从不说话——找到我说，他生平第一次为我感到骄傲。

我把这件事记录下来，是因为我在这方面的口头叙述总是很不完备，而且错得很离谱。在每次的聊天中，我总是叫继父“酒鬼”。这一细节本身虽然非常准确，但是它也使得整个故事变得并不真实。那天体检后，看到家里的房子和花园，我竟然有了一种少有的回家的感觉。这件事情难道不更符合事实吗？继父的话马上令我很反感。但是为什么在我的记忆中，这句话却与那刚被那个男人翻掘过的花园所显现的新鲜的红褐色紧紧相连呢？我自己不也是带着一定的骄傲情绪回家的吗？

不管怎么样，园土的颜色依然对整件事情发挥着作用。如果我现在要找寻那个瞬间，我不会再作为一个青年面对着它，而是会发现自己作为理想中的自我，永恒却无形地出现在那片红湿地中。这地点乃一处澄明之地，使得我能够理解自己，也理解那个曾经的军人[1]。（在施蒂弗特最初的记忆中，他的身体里面有许多黑色的斑点。后来他知道，“那些是森林，是我身体外面的森林。”现在，他的小说总是能让我在同样的一些森林里面发现许多彩色的地点。）

在1870—1871年的普法战争期间，保罗·塞尚通过他的父亲，一位富有的银行家，花钱逃过了兵役。他在埃斯塔克终日作画，就这样度过了整场战争。埃斯塔克当时是马赛西面一处海湾里的小渔村，今天则成了这座工业重镇的郊区。

我只是从塞尚的画上知道了这个地方的存在。但光是“埃斯塔克”这名字本身就已经让我有了一种空间上的和平

[1] 指继父。作家本人的继父和生父也都曾是士兵。

感。不管这地方后来发展成了什么样子，它一直都是“隐居的理想地点”；这针对的不仅是 1870 年的那场战争，不仅是当时的画家，也并不仅是任何一场宣告爆发的战争。

此后许多年里，塞尚仍经常在那里作画，他尤其喜欢酷热的天气和“令人生畏的阳光”，在他看来，“所有的物体似乎都因此而作为阴影凸显出来，阴影不仅是黑白两色，而且还有蓝色、红色、栗色和紫色”。出自那段隐居岁月的画作几乎都是黑白的，其基调也主要是冬日氛围。但此后，这个满是红瓦蓝海的地方却渐渐变成了他那色彩丰富的“纸牌游戏”[1]。

也是在寄自埃斯塔克的信中，他第一次在自己的名字前添加了一个拉丁单词“pictor”[2]，这也是从前许多古典画家的做法。埃斯塔克就是这样的一个地方，“如果我要离开这里，那么我希望越晚越好，因为这里有几处非常美的风景。”在普法战争之后的那些画作里，再也没有什么所谓的气氛和情调出现，也没有什么特定的时刻与季节：画的形式总是充满激情地展现静谧的蓝色海洋旁边的那个自然村落。

[1] 指塞尚名作《玩纸牌者》，其画中所有远近物象都是用一片片色彩所组成。不同的色块在画中形成和谐的对比。
[2] 即“画家”之意。

在19世纪与20世纪之交，埃斯塔克周围建起了精炼厂，而塞尚也停止了画这个地方。在几百年后，也许活着本身会变得完全没有意义——只有在地质图上，这个地区依然未受侵害，色彩斑斓。也许上面还有一小块木犀草一般翠绿的地方，甚至还可能长期被冠以这样一个名字："埃斯塔克的石灰山"[1]。

是的，我要感谢画家保罗·塞尚，是他让我站在艾克斯市与托罗奈村之间的那个空旷的地点上，站在那里的颜色里面，甚至铺满沥青的街道在我眼中也成了颜料。

我是在一个小农意识很浓的环境里长大的。在那里，绘画几乎只存在于教堂里或圣像柱上。所以，从一开始，我可能只把它们看作是单纯的附属品，而且有很长一段时间，我也没有期待过从它们那里发现些什么具有决定性意义的东西。有时候，我甚至能够理解诸如宗教和国家禁止任何神像绘画之类的惯例和传统。作为一个心不在焉的单纯瞪视者，这传统本该是我所希冀的。而假如一个可延伸至无限的图案能够满足、传达并加强我对于无限的需求，那么它难道不是一个更为正确的对立物吗？（在面对着一

[1] 指圣维克多山。

个古罗马时代的马赛克地面时，我成功地将濒死过程想象成一个美的通道，上面并没有一般都会出现的狭窄之处，即“死亡”。）而且，能够将那种完全的无色无形的空虚重新充实，这难道不是最为神奇美妙的吗？（有一位同样“偏远的村庄”里面的神父说的话——普通教徒也许不敢如此宣称——很适合用在这里，这也是一个令人难忘的句子，因为最后一个单词前面的冠词被去掉了：“在灵魂与上帝之间无限的爱之回响，那就是天空。”）

所以，从前我对绘画者是一种忘恩负义的态度；因为那个臆想中的附属品至少经常被我当成视力表使用，而且其中不少也成了后来一再出现的想象中与生活中的图景。当然，在那个时候，绘画的色彩与形式并没有得到专门的感知。对我起作用的，一直还是特殊的物体。没有了物体，色彩与形式就显得太少了——而物体在日常生活中又太多了。“特殊的物体”还并不是一个正确的词汇；因为能引起注意的正是那些平常的东西，它们被画家放置在了特殊的光线之中——现在我很简短地称它们为“魔物”。

现在我能想起的例子全部都是风景：半梦半醒之间，我会看到很多颇具威胁性的画面，里面荒无人烟，寂静而优美；我的例子总是与这些画面相吻合。这些例子有一个很值得注意的地方，它们分别展现了不同的系列。它们甚至经常体现出画家的某个完整的时期：例如德·基里科[1]的那些空旷的形而上的广场；马克斯·恩斯特[2]的那些月色笼罩下的热带雨林中的荒凉城市，而且每幅画的名字都叫做"城市全景"；勒内·马格里特[3]的《光之帝国》里面阔叶树下那个位于黑暗之中的被重复的房子，而周围却是闪耀着白光的蔚蓝天空；还有最后就是美国画家爱德华·霍普[4]，他在作品如《街道与房子》和《街道与树木》等里面描绘了那些隐藏在马萨诸塞州科德角的欧洲赤松林里的木房子。

但是，爱德华·霍普画笔下的风景与其说是咄咄逼人的梦幻，不如说是荒凉孤寂的真实。人们可以在当地，在大白天重新发现这些风景。几年前，我曾经去过一次吸引了我很长时间的科德角。在那里，我追寻着他笔下的那些画。在那个岬角上的每一个角落，我第一次有了这样的一种感觉：我站在了一个艺术家的王国里面。海边沙丘路上那些弯弯曲曲与错落起伏，我现在仍可以描摹出来。许多细节经常与爱德华·霍普所画的并不相同，它们就像在画布上

[1] 德·基里科（Giorgio De Chirico，1888—1978）：意大利超现实主义画家，形而上学画派创始人之一。
[2] 马克斯·恩斯特（Max Ernst，1891—1976）：德国画家、雕塑家，达达主义与超现实主义的重要代表。
[3] 勒内·马格里特（René Magritte，1898—1967）：比利时画家，超现实主义真实主义画派的最重要代表。
[4] 爱德华·霍普（Edward Hopper，1882—1967）：美国现实主义画家。

一样，分布在我记忆画面的左边与右边。记忆画面的中间则是一根芦苇秆，插在一处水洼厚厚的冰层里，它应该被放在旁边的铁盒子里面——对我而言，到了那里之后，我在意识中却已经离开了那里。而在身外，在对一个画家以及新英格兰地区风光的体验中，我已经做好了一个导游该做的准备：夜里，我曾经望见那松树林中的木屋里灯光闪耀。那并不是一些孤零零的房子，它们展示出的更多的是一个理想房屋的气势。我在那里为我一部还在创作中的小说的主人公找到了居所。

诗人说谎，一位最早期的哲学家[1]这样说过。也许就是从那时开始，就存在着一种意见：真实的东西就是恶劣的状态与多舛的遭遇；而如果恶，或者面对恶的那种或多或少的滑稽的绝望成了艺术的主要与主导性对象的话，那么这样的艺术才是完全符合现实的。但是为什么我却不想再听到，不想再看到或者再读到所有这样的东西呢？而每当我自己也写下哪怕唯一一个控诉我自己，也谴责并揭露我自己和其他人的句子的时候（除了出于义愤的时候），为什么我会彻底晕倒？在另一方面，我也绝对不会去书写什

[1] 指柏拉图。

么生于人世的幸运，或者是来自某个更好的彼岸世界的安慰：必死的结局将一直是指引我的东西，但是我也希望它不再成为我的主要题材。

塞尚最初也曾经画过像《圣安东尼的诱惑》一类的恐怖图画。但是，随着时间的推移，他唯一的问题则变成了如何将那纯粹且无辜的尘世之物加以实现的问题（“réalisation”）：苹果、岩石、人的脸。在这里，真实的东西变成了已获得的形式，它不是要控诉世事变幻、历史湮灭，而是要将一种和平的存在加以传达——艺术之道不外如是。但是，在传达的过程之中，他的感觉将何物赋予生活则成为了问题。

就在那个神奇图景的年代，我们，即那个女人和我，当时开车穿过了法国南部的另一处地方，到底有什么东西在我内心开始萌发了呢？

当时还有一次散步应该被计算入这次旅行之内：那是在出发的前一天晚上，我来到了一处尚未开发的丘陵地带，那个女人的家就在那里。当时是岁末，密史脱拉风[1]通常是来自法国中央高原的寒冷的下行风，但那次却是暖风。

[1] 法国南部及地中海北岸上干寒而强烈的北风或西北风。

风虽然很大，但却刮得一直很平稳，并没有那种突如其来的狂风大作，让人睁不开眼睛。尽管很快就找不到路了，但我总有一种那个女人的房子应该很近的感觉。就是这个女人，她是第一个拿爱德华·霍普的画给我看的人，她可以对不起眼的东西抱有好感，她也很清楚“我是谁”的问题。我在草场的一处空地上坐了下来，整片草地在风中正经历着前所未有的颤抖。低垂的树冠却几乎纹丝未动。天空很晴朗，在西边依然明亮的地平线上，云絮正在不断地形成，它们冲向天空，然后又消失于彼处——紧接着，月亮出来了，出现在了“对所见之物的思考中”（塞尚有一次曾经这样形容过他的工作方式），出现在了与另一个月亮的对比中（那是在一个类似的宁静夜晚，我把近处地平线上方的月亮看成了某个谷仓前发出黄色亮光的门拱）。我坐在那里，风声在耳畔呼啸，正如从前的那个小男孩坐在某棵云杉树旁，树叶在沙沙作响（也正如我后来站在城市的喧闹中，彼处的那条河正哗哗流淌）。

第二天，我们驱车前行，那是一段共同旅行的开始。我们从丘陵来到了海滨。密史脱拉风早已停息；那是一个温和又敞亮的冬日。在遍布石头的地形里，稀稀落落地生长着一些意大利五针松。我从那个女人那里学到了五针松那特别的法语名字：Pins parasol。它听起来就像是诗歌的叠句，而且它总是与那个年份数字1974一起经常重现在我的记忆中。那条略呈下坡的道路就在这些松树旁经过。这时（不是“突然”），树随路转，世界变得开阔起来。而“此地”也变成了彼处。世界乃坚固、能承载的土地。时间永恒而又平庸。那开阔者也可以一再地成为我本人。我能够离开那封闭状态。我应当就这样一直安静地待在外面的世界（在色彩与形式之中）。只有在我处于自我闭锁的危险中，不希望得到那种可以维持一生的精神的现时性的时候，我才是有罪的。

在一部我五年前写的小说里面，[1]有一处地形，尽管地势平坦，但却突然凸起成拱形向主人公迫近过来，仿佛要把他排挤出去一样。1974年却是一个完全不同的凹陷世界，广阔，没有压力和烦心，可以自由思考身体。那待传达的发现之旅至今仍历历在目：伞松与我的人生乐趣，这乃一种有效的真实。不管怎么样，在此期间，每当有突然隆起的陌生走廊向我逼压过来的时候，“pins parasol”经常会发挥作用；尽管前面小说的主人公总是一再表现得心不在焉、不知所措（这里存在着一种自有的罪愆）。

[1] 指汉德克出版于1970年的作品《守门员面对罚点球时的焦虑》。

真的是从那时开始有东西在我内心萌发吗？难道我不曾在更早的时候，在南方的树木前获得过一种理智的喜悦吗？那是1971年的夏天，在南斯拉夫阴暗的柏树林前：到底是什么东西在我内心深处日渐凹陷下去，以至于最终有人第一次张开了自己的手臂？（那棵桑树也属于这段记忆。我们经常坐在它的树荫里，树下是浅色的沙子，上面被落下的果实溅上了暗红的斑点。）就在那个时候，转变发生了。那个人，也就是我，变得高大起来。与此同时，他的内心似乎有东西要求他跪下，或者干脆脸朝下躺在那里，然后变得默默无闻。

这转变是很自然的事情。那是一种和解的愿望，按照那位哲学家[1]的说法，这愿望来自于“对他者欲望的欲望”。这愿望于我是真实且理性的，从那以后，它也适用于我的写作。

另外，当时也不是一个很好的时期。（我的母亲在死亡的恐惧中向我发出了求救的呼喊，而我却不知道该如何回应。）所以，我也在那些柏树身上又看到了古人那些神奇的树棺。有很长一段时间，“将事物入梦”一直都是我写作的一个准则，即用这样的方式去想象要把握的事物，就

---

[1] 指雅克·拉康（Jacques Lacan，1901—1981）：法国精神医生及欧洲精神分析学家。

好像我在梦中见到它们一样，而且要坚信，只有在梦里，事物才会显现出它的本质。这些事物在写作者的周围制造了一圈的小树林，写作者当然经常只有费尽心力才能返回到生活中去。虽然他一再地看到这些事物的本质，但是这本质却无法被传达。因为他不顾一切想要抓住它，所以他自己也变得没有把握——不，那些神奇的图景——也包括柏树的景象——都不是我想要的。在它们的深处存在的是一个根本不平和的虚无，我绝对不愿再回到那里。只有在外面，在白天的色彩中，我才**存在**。

国家曾被称作是“所有规范的总和”。而我却深知，我愿意接受另外一种法律规范的约束，即“形式的帝国”。在这个帝国里面，正如有位哲人[1]所言，“真观念总是与其对象相一致”，而每一种作为榜样的形式都是强有力的（尽管艺术家本身在近代的国家里面也“只剩下半个影子，而现在则几乎是彻底的空洞了”）。

但是，到底是什么给了人们亲自在这个帝国里发挥作用的权利？每每开始一个新工作的时候，这个问题都会折磨着我。总是有一个想法一再地纠缠着我：我只是一个友

[1] 指斯宾诺莎（Spinoza，1632—1677）：荷兰哲学家。

好且沉默的读者。但是有一次，我终于感觉到了这一权利——这还是发生在我开始写点什么东西之前。我用精神之眼看到了主题，也看到了那本期待中的“书”，还有很多书。那并不是在梦中，而是在一个阳光明媚的白天；我也还没有在南方的柏树林前不能自持，而是在这里，我的对象在那里——在夏末的某个周日，我们行驶在上奥地利州一处地势略显起伏的地区，那是一条笔直的公路。路上空荡荡的。只有一次，有一个男人穿着白色衬衫和黑色西装，走在路的另一边。他的裤子很宽大，走路的时候裤脚总是甩在自己的腿上。而等到我们后来返程的时候，令我欣喜的是，那个男人仍然在路上走着，裤脚在他的踝骨周围甩动，上衣的纽扣早已解开，就在上奥地利州的那个周日——我第一本书里的那个“我”就来源于此。这个人就这样地走着，就好像他要走到人们中间去，要对他们讲些什么。他将带着强力与巨雷来到人们中间，然后说服他们。所以，是否可以这样说，1974 年的“pins parasol”并没有让什么新的东西萌发，而是有某种东西回归了，某种我可以在回归中作为“真实的东西”来加以欢迎的东西？

塞尚有一幅画，人们称它为“大松树”。（画家本人从来没有给自己的画起过特别的名字，也很少在作品上签名。）画的是阿尔克河畔一棵孤单的大松树，就在艾克斯市的东南面。那也是他的童年之树。在河里游泳之后，他会和朋友们坐在那棵松树的树荫里。在他二十来岁的时候，他曾经在一封写给童年玩伴埃米尔·左拉的信中问道："你还记得阿尔克河边的那棵松树吗？"他甚至还为这棵树写了一首诗。在诗里面，密史脱拉风在光秃秃的枝杈间吹过。而这幅画也会让人想到风，特别是因为这棵孤零零的大树的弯曲程度。除了这棵树之外，也许没有任何东西可以称得上是真正的"野外"：它把它所耸立的那块土地变成了一处高台。而它那伸展向四面八方的扭曲的树枝，与它那拥有最多种绿色的针叶衣，都让整个空虚的空间彻底震颤起来。

"大松树"还在塞尚的其他画里面出现过，但是再也没有像这幅画里那样自成一体。在其中的一幅画里，其下部的树枝斜伸进整个风景中，并与旁边一棵树的枝条共同形成了一个通向远方的门拱。而在远处天空明亮的色彩中，圣维克多山脉的山体绵延开去。

在我遇到塞尚之前（并且在爱德华·霍普之后），已经有另外一位画家让我中止了对绘画的单纯评价行为，他教会了我要把绘画看作是榜样与典范，并且要把它们当成作品而加以崇敬。

在那个时候，我读到了一段关于19世纪一个德国村庄的描述。那是一位德国施瓦本地区的农民所作，他后来成为了一名诗人[1]。他想要远离一切人类狭隘的观察，他自称是大自然的读者，并把他写的诗称作是大自然的福音书。（而我则是他的读者。有一次，我望着远处的一片雪地，在阳光雾气的遮罩下，人们往往只能通过一道细小的光芒才能把它与天空区别开来。就是在这个时候，我感觉到，他诗中的宣告很贴近我的心："一切都会是你的，包括所有的天空，包括所有的星辰，如果你能与远方的光芒相辉映。"）——但是等到他用散文写作的时候，他却用狭隘的眼光观察着周围的村人。他自己也很清楚这一点：有的时候，他会感觉很艰难，"那因田间劳动而疲累的身体既不会听也不会看了。"（这位克里斯蒂安·瓦格纳的生活完全配得上"悲惨"这个词，虽然这个词在许多人那里只是空洞的词汇。他的生活连同诗都反映着他的精神。而按照那位哲人的说法，精神只有与"他的对象，即身体"统一起来才能持久。）

与此同时，我第一次开始有意识地去欣赏居斯塔夫·库尔贝[2]的油画。他的许多画表现的都是19世纪中叶的农民

[1] 指克里斯蒂安·瓦格纳（Christian Wagner，1835—1918）：德国诗人。
[2] 居斯塔夫·库尔贝（Gustave Courbet，1819—1877）：法国画家，现实主义绘画的创始人。

生活。我为那些画中从容的静默所感动，特别是其中一幅名为“法国杜省弗拉盖的农民，集市归来”的画。那个时候我就意识到：这些才是真正的绘画——这并仅是对我一个人而言。

库尔贝画题的地点定位都非常准确。它表明，画家将这些每天的世俗场景都当作是真实的历史性的事件。所以，他笔下的那些人物形象，无论是在筛谷粒，还是在坟墓前站立，或者为死者穿上殓衣，抑或在黄昏时分从集市动身回家（也包括他画中那些单纯的闲坐者与休憩者，睡眠者与梦寐者），他们都在画家充满同情的想象中构成了一个完整的行进行列——对我而言，有位老妇人的形象也应该属于此列。那已经是20世纪的某个温暖的晴天，老妇人带着她的购物袋，正慢悠悠地走在西柏林的一条支路上。她用一种深化其形象的沉默向我揭示，周围的房屋立面是我们共同的、仍将幸福地持续下去的和平列车。

同样是这位画家库尔贝，在1871年的巴黎公社期间，正是在他的坚决倡议下，人们推倒了旺多姆广场上的凯旋柱[1]：因为在一个通向和平大街的广场上，绝对不可以有“任何战争与侵略的纪念物”存在。他后来也因此被判入

[1] 为了庆祝自己在奥斯特里茨战役的辉煌胜利，拿破仑下令用战场上缴获的敌军大炮熔铸成“凯旋柱”，并于1810年建成。后于1871年被推倒。

狱达数月之久。此后的十来年间（这也是他生命的最后阶段），他的许多画作所表现的主题只有一片野绿色的大海和与之相映衬的天空，大海前面几乎很少出现沙滩。这一系列海景画中有一幅名叫“巨浪”：水与乌云几乎就是他全部的素材。而整幅画却通过画材那岩石般的颜色而显得很坚实，同时又通过形式上丰富的联系与融合而显得动人心魄。

对于塞尚而言，库尔贝有着“大师般的伟大手法与雍容华贵的风格”。他把《巨浪》称为是“本世纪最伟大的一个发现”。当他站在卢浮宫库尔贝的画作前时，他能做的只有不断地喊出画上物体的名字：“你看那群猎犬、那摊血、那棵树。再看这里，那手套、那花边，还有那裙子上断裂的丝绸。”

自从我懂事以后，我就一直有一种需求，想找一个导师。有时候哪怕给我一个词就足够了。在求知欲的鼓舞下，我感觉自己被吸引到了某人的身侧。那些职业上的老师曾经传授了我很多东西，对此我不胜感激。但是他们中没有一个可以被我称作是“我的老师”。在大学里面，只有一个人，他在法律课上能用神秘的、简单的、数学式的句子来表达事物的必然属性。在他的课上，一种前所未有的求知欲攫住了我，我渴望成为他的“学生”（这的确是一种欲望）。可惜他只是应邀来讲学的，在度过了短暂的一周之后，他消失了。至于那些作家，我是他们严肃的读者，但是对我而言，他们更像是兄弟——而且有的时候，我们彼此之间的距离太近了。而现在，我只是偶尔会把外公看作是一位老师（许多人大概也有这样的一位“外公”）：无论他什么时候带我走在某条路上，那条路都会变成我的学徒之路（尽管它与今天森林里面的那些“知识路”[1]并不相同。）

我总是一再地感觉到，无知是一种贫困状态。由此产生的是无目的性的求知欲，它不会发展成任何观念，因为它没有任何可以与之“协调一致”的“对象”。但是，然后也许就会有某个单独的事物给人以明确的暗示，就这样，“最初的精神”得以确立。然后人们可以通过学习研究使之变得严肃和认真，虽然对于其他活动而言，这种学习研究在从前仍然只是一种渴望与憧憬。

这样的“最初的事物”，我在塞尚的绘画那里体验到了。那是在1978年春天的一次展览会上。然后，一种学习的冲动占据了我的心，这种感觉我此前只有在研究福楼拜的语序时才出现过——那是画家最后十年的作品。他一直孜

[1] 德国人会在森林等地点铺设一些道路，以便人们能够走在路上学习到有关地形地貌或者植物树木的知识。类似于我们公园里的标牌。

孜孜追求“实现”他的特定的对象。而在那段时间里，他无限地接近这一点，画的色彩与形式都在为之欢呼。（那位哲人写道：“在我看来，真实与完美就是一回事。”）而且尽管如此，他的画上并没有出现额外附加的光线。受到欢呼的对象显现的仍然是其本色，甚至连更为明亮的风景也构成了一个逐渐暗淡的统一体。那些肖像画的主人公都是 19 世纪后半叶普罗旺斯地区无名的乡民，处在画面最前部的他们显得很高大。他们正襟危坐，背景是土色的，虽然他们手上并没有握着什么特殊的权杖，但是感觉上，整个背景就是他们拥有的王国。

深色调、块面、结构、重彩、线条、转暗的眼睛：是的，这就是给我的震撼。在经过了两年的“研习”之后，也许可以用这样一句话来总结：绘画的沉默在此处表现得非常完美，因为结构上的黑块面加强了普遍的线条，以至于我可以（按照那位诗人[1]的说法）朝那线条“暗过去”：这是一种跳跃的体验，在绘画与现时的相隔之际，两双眼睛终于在一块画布上相遇了。

当时的我曾这样写道：“画开始颤抖。这是一种我可以表扬与赞颂某人的解放。”

---

[1] 指保罗·策兰（Paul Celan，1920—1970）：奥地利诗人。

有一幅肖像画尤其打动我，因为它所展现的正是我将要写出的故事里的主人公。画名叫“交叉双臂的男人”：在画像下方绝对不会出现这个男人的名字（尽管如此，他也并不是某个不确定的人）。他处在某个相当空旷的房间的角落里，房间里镶边的木条勾勒出房间的轮廓。他坐在土色的暗背景中，土色也让人物有了一定的变化。他的年纪在我看来是“最理想的：已经固定化，但还有着憧憬”。（当我想要模仿他的姿势时，那只藏在胳膊下面的手让我很吃惊。人们需要很强的意志力才能从那种交叉状态中解脱出来。）——那个男人的眼睛斜向上看着，目光中没有任何期待。一个嘴角因为较粗的阴影块面处理而略微扭曲：“克制的悲伤”。除了那敞开的白色衬衫之外，他身上的亮色还有那乌黑的头发下面宽阔的圆额头。这也是他在赤裸状态下无法保护的东西。在他身上，我绝对不会看到一个与我相似的人，他也不会是一个兄弟，更像一个同谋。因为我已经结束了他的故事，所以他现在又重新成为了那个不可触碰的 Homme aux bras croisés[1]，在那里弥散着沉默的微笑。

但是，当时类似的肖像画还有很多，以至于我都无法很好地领会那次画展上的其他画作——在一处单独的圆形

[1] 法语，即“交叉双臂的男人”。

房间里，整个一圈展示的都是圣维克多山的山峰。它们都是画家从不同的角度绘制的，其实也就是从下面的平原以及远方两个主要方向绘制的。画家说："同一个物体，从一个不同的角度看来，都能展现出一个格外值得关注的研究对象。这研究对象的角度非常的丰富多样，我想，我可以就这样不换位置地忙上几个月，因为我只需要向右转转身，然后再向左转转身就可以了。"

在那次画展上，我很快就从那座山旁经过，并没有怎么驻足。但是，渐渐地，它在我心中的色彩越来越浓重。然后在很久之后的某一天，我说，我有了一个目标。

颜色的高地

圣维克多山并不是普罗旺斯地区最高的山，但正如人们所说，它是最陡峭的。它并不是一座山峰，而是一长串连绵的山脉，其山脊的高度都大致相同，均在海拔一千米左右，山体绵延，几乎形成一条直线。

在圣维克多山的正西面，步行大约半天的路程就可以到达艾克斯市的一处人工蓄水池。只有在蓄水池这个位置，圣维克多山才看起来不是一串山峦，而是一座陡峭的山峰：虽然从那里看起来是一座完整的山峰，但是那实际上只是山脊的开始，它还要再向东延伸大约半天的路程。

整座山脉是一处巨大的石灰岩地块突起。它从北面缓缓隆起，蜿蜒向南，突然几乎垂直地插入一处高原。山脊构成了它顶部的纵轴线。从西面望去，三角帽形状的山体显得格外引人注目，因为它上面布满了各种不同的褶皱岩层，就好像是整个山岳的一个剖面图。就连此前对于这座山一无所知的人，也会不自觉地了解到一些这座山形成的历史，感受到它的特别之处。

作为地块隆起，整个山体拔地而起，直冲云霄。在它的周围还有许多更为平缓的地块，它们因为断层的存在而彼此离裂，上面岩石的颜色与花纹也各不相同。从前这些地块曾经挤压在一起，如今却已经舒展开来，以至于各种形式的山体都在平原上面得到了小规模的延续。

圣维克多山最让人惊叹与讶异之处就在于那些明亮的石灰岩，焕发着白云岩一般的光泽。有一本登山的小册子称之为“质量最好的岩石”。那里没有道路通往山上。整座山脉，包括几乎呈平角的北坡，上面都没有一条可以通车辆的路，也没有住人的房子和耕地（只有在山脊上还矗立着一座废弃的 17 世纪小教堂）。南面的峭壁只有登山家才感兴趣。而从其他的方向人们都可以不大费劲地登上来，然后在山脊上继续前行很长时间。就算是从下面距离最近的村庄出发，整段旅程都要一天的时间。

是的，在那个七月的日子里，我就在“塞尚之路”上向东行进。我还没有走出艾克斯市，就已经禁不住浮想联翩：我要给一个不确定的人群提供旅游建议（虽然我也只是那些从世纪初开始就走在这条路上的许多人中的一员）。

还有一个念头，此前也一直在我的脑海里盘旋，那就是去亲眼目睹一下这座山真正的样子。一个曾经是某位画家所钟爱的东西，它本身就一定会展现出某种特质，这难道不是一种固定的观念吗？直到有一天，这种联想变成了幻想，我的决心也越发坚定（随之而来的还有一种舒适的快感）：没错，我要从近处观察圣维克多山！所以，我并没有怎么特别地去追寻塞尚笔下的那些画题，反正我也知道，大部分画上的主题早已经面目全非，不复当年风采。我只是跟着自己的感觉走：那里就是那座一直吸引我的山，从来还没有某个东西如此地吸引着我。

在艾克斯，米拉波大街的两侧长满了法国梧桐，枝叶相互交错覆盖，形成了一个封闭的穹顶。清晨走在树下，感觉甚是昏暗。长长的林荫大道的远处出口处是一个门，旁边的喷泉喷射着白色的水花。在水花的掩映下，门仿佛成了一面小小的镜子。只有到了城市边缘的时候，周围才慢慢泛起柔和的灰色日光。

天气炎热且阴霾，但我却在一种通畅的温暖中行走。还没有望到山。那条马路一开始还在蜿蜒蛇行，总体走势却还是缓缓向上。街道十分狭长，人行道早在未到市郊的时候就已经没有了，于是躲避汽车就变成了一件比较辛苦的事情。不过，在走了正好一个小时之后，托罗奈村已经在我的身后，这时的道路变得相当空旷了。

尽管路上车来车往，我还是感觉到了宁静。正如此前的一天，虽然身处巴黎的喧嚣之中，我还是感觉到了我们住过的那条街道上的宁静。当时，我曾考虑过和别人一同前往这里；现在，我却很高兴能够独自一人。我走在那条《小路》上。我在绿荫遮蔽的沟渠里看到了《小溪》。我还驻足于那座《石桥》[1]之上。这边是山岩的裂缝。那边是一条两旁种满五针松的岔路；路的尽头有一只喜鹊的黑白双色格外醒目。

我深吸着树木的香气，心里想着："但愿永远如此。"我停了下来，提笔写道："这是何等的机遇啊——就在此时此刻！塞尚之路上的宁静。"一阵夏天的小雨下了又停，偶尔有些小水珠在阳光下闪闪发亮；只有那条路在雨后是湿湿的，沥青的小石子五颜六色。

当时对我来说正是一个间歇期；那是居无定所的一年。此前，我已经在美国的一处宾馆里将那个交叉双臂的男人的故事基本写就。故事的底色则与每日所见的湖光一同成就了那小湖的灰色晨曦（然后我发现，这时的我就好像

[1]《小路》《小溪》和《石桥》都是塞尚的画作。

“刚在田里犁过地”一样）。也正是在这部小说的撰写当中，我才下定决心，回到我的故土——虽然有位哲学家[1]的话一直在我心头萦绕不去：放逐别人乃一切罪行中最恶劣者，而放逐自己则是一切成就中最伟大者。

那时距离回到奥地利还有好几个月的时间。其间我要么哪儿也不住，要么就住在别人那里。期待的喜悦与逼窄的束缚错杂交织。

以前我经常听人说，一个完全陌生的地方，即使那里缺少某种特殊或是幸福的时刻，事后总会唤起辽远与安详的感觉。现在我在这里拧开水龙头，巴黎克里尼昂古尔门旁的那条宽阔的灰色林荫大道就会在我面前延展开来。于是，遵循着路德维希·霍尔[2]的说法，我急切地要“绕个大弯才回家”，我想在欧洲兜一圈。

与许多前人一样，我的英雄也是荷马笔下的奥德修斯。他陪伴着我：像他一样，我也通过说自己是无名之辈而获得了（暂时的）安全；关于我故事的主人公，我也曾这样设想过，他就像当初的奥德修斯被费阿刻斯人在睡梦中抬下了船一样回到了故乡，而且一开始也根本无法认出故乡

[1] 指西蒙娜·韦伊（Simone Weil，1909—1943）：法国犹太裔女哲学家和社会活动家。
[2] 路德维希·霍尔（Ludwig Hohl，1904—1980）：瑞士德语作家，思想家。

的土地。

我曾经真的在希腊伊塔卡岛[1]的一处海湾中度过了一夜，从那里有一条路直通到一片漆黑的腹地。一个孩子被带入了那黑暗深处，他的哭声至今仍在我耳际久久回响。那边桉树的树叶间有白炽灯在燃烧，清晨被露水濡湿的船舱板上有雾气在蒸腾。

德尔斐[2]，那里曾被认为是世界的中心。在圣地体育场[3]四周的草丛里，有蝴蝶在翩翩飞舞。诗人克里斯蒂安·瓦格纳曾认为它们是“圣徒死后解脱的思想”。然而，当我来到圣维克多山面前，站在艾克斯市与托罗奈村之间的一处空旷的地点上，身处那些色彩当中的我不由得想到：“一个大艺术家曾经工作过的地方难道不比类似德尔斐这样的地方更像是世界的中心吗？”

---

[1] 奥德修斯的故乡，他是那里的国王。
[2] 希腊地名，那里供奉有太阳神阿波罗的神庙，是所有古希腊城邦共同的圣地。
[3] 德尔斐也是四年一度的皮托运动会（Jeux Pythiques）的举办地。这个运动会同古代奥林匹克运动会旗鼓相当，也是具有全希腊影响力的重要祭典。

哲学家的高地

还未到托罗奈村的时候，就已经可以望到山了。山光秃秃的，几乎只有一种颜色；那与其说是颜色，不如说是一种光泽。有的时候，你也许会把云的边线看成是齐天的群山：而在这里却正好相反，那座山峰的光影第一眼看上去仿佛是某种天空现象；这也要归因于那些平行的陡坡和地块上水平延伸的褶皱岩层，它们看起来似乎刚刚才停止了山体运动。人们会有这样的印象，这座山好像是从几乎与它同色的大气圈那里流淌下来的，然后在这里浓缩成了一座小型的外太空山体。

一般说来，人们在远方的平面上往往能够观察到一些很特别的东西：比如，一旦有一只鸟在平面前面很远的地方展翅飞过，就算是那些原本无形无状的背景也会随之有所变化。这些平面让人迷醉，而它们又在逐渐形成明显的影像；眼睛与它们之间的空气变得很有质感。然后，那些已经熟悉到生厌的地步的东西，那些位置固定的东西，那些因为它们的俗名而似乎变得空洞无物的东西，突然一下子都处在了一个正确的距离上，连同它们真正的名字，成为了“我的物体”。在撰写本书的此地[1]，这种观察不仅适用于远处泰嫩山脉[2]上那白雪掩映的高地，还适用于萨尔察赫河畔[3]的那家游客咖啡馆（有一次，因为旁边盘旋的海鸥群，这咖啡馆给人一种类似于“河对岸人家”的印象），同时也适用于卡布齐纳山[4]（那是另外一次，有一只孤零零的燕子从山前飞过。突然之间，山的深度显现出来。它成了一个新发现的熟悉之山，永远开放，从不遮掩）。

17世纪伟大的荷兰王国发展出了“全景画”形式的绘画类型，以便能够将人们的目光吸引入无限的远处。为了达到这一目的，许多王国的画家都采用了在中景部分画上翱翔的鸟儿的手法。（博尔赫斯在一部小说当中这样写道：“没有一只鸟儿能够为他拯救这风景。”）但是，一辆从桥上

[1] 指奥地利的萨尔茨堡。
[2] 泰嫩山脉（Tennengebirge）：奥地利萨尔茨堡附近的山脉，在萨尔察赫河的东面，海拔2431米。
[3] 萨尔察赫河（Salzach）：因河（Inn）的支流，225公里长，其中部分河道是德国与奥地利的天然边境。
[4] 卡布齐纳山（Kapuzinerberg）：萨尔茨堡市内的一座小山，在萨尔察赫河的东面，海拔640米。

驶过的公共汽车连同它的车窗框和乘客的剪影一起不也能将远处的天空拉近了吗？树褐色不也足够用了吗，而且从那明蓝的颜色里不也发展出了一种形式吗？虽然我与山之间并没有什么鸟群（或者其他类似的东西），但是圣维克多山同样地引人入胜，而且给站在它面前的我一种更为直接的感觉。

等到过了托罗奈村之后，三角帽形状的山体才出现在了我的视野之内，那是一条东西走向的连绵山体。我走的那条马路在下面的平原上与之相伴了一段距离，一路平坦，再没有蜿蜒和起伏，然后向上延伸进了通向一处石灰岩断层地块的盘陀山路。这地块在陡坡脚下形成了一处平坦的高地，绵延其上的盘陀路刚好与高处绵延的山脊相平行。

时值中午，我登上了盘陀路，天空是深蓝色的。四周的悬崖峭壁像是一条固定不变的浅白色轨迹，一直向后延伸进地平线。一处干涸的溪床上，红色的泥灰沙里有孩子的脚印。没有任何声响，唯有四野的鸣蝉向着山峰发出尖利的叫声。一棵五针松上正渗着树脂。我咬了一口嫩绿的闻起来像苹果的松球，上面早已被某只鸟儿捷喙先尝。树干那灰色的树皮已经龟裂成天然的多边形图案。在我最初在某处河岸干枯的淤泥里发现了这种图案之后，它就随处可见了。从那些断层地块的某个地方传来了一声特别贴近的鸣叫；但那只鸣蝉却要等到它移动身体，倒退着爬下树干的时候才被我发现，因为它的身体是树皮一样的灰色。长长的透明的蝉翼上有许多黑色的凸起。我朝它扔了一块小木片，发现飞起来的却是两只，它们发出鬼魂一样的尖叫，让人不得安生。细看之下，山崖上的缝隙中生长着深色的小灌木，那里也不断有蝉翼的图案出现。

上面，在高地的西侧，坐落着圣安东尼村。（塞尚在一封信中说，晚年的他还曾在这里“迷过路”。）这里有一家小饭馆，人们可以在那里空地上的阔叶树下坐下（“周二休息”）。金合欢树的枝叶芜蔓，在微微透光的山崖的映衬下像是夹道欢迎的队伍。

在高地之上，17 号省道继续向东延伸，仿佛通往一处尚未探明的陆地深处。高地似乎很荒凉，上面几乎无人居住。在这个椭圆形的平面上，西侧的巴约圣安东尼村是唯一的村子。下一处地方叫做毗卢毕，坐落在高地之外的一处山坡上，海拔与下普罗旺斯地区的平均海拔大致相当，步行到那里大约要两小时。我把这片巨大的高地，这座水平地悬于周遭之上的平顶山称为**哲学家的高地**。

马路上空荡荡的，我继续前行。一开始，我还有点拿不定主意（从这里开始就没有返回艾克斯市的公共汽车了）。但是随后我下定决心，继续前往毗卢毕。路上没有车。在寂静中，每一个细小的声响听起来都像是有人在说话。那是一种普通的轻微的沙沙声。我走在路上，总是朝着山的方向；有时会不由自主地停下。在一处槽型的山脊隘口那里，天特别地蓝，我发现了最理想的通行口。干枯的高山草场一直延伸至陡峭的山坡脚下，花枝上凝结着大片大片的蜗牛壳，将整个草场漂成了白色。这些蜗牛壳构成了一处化石地貌。有的时候，乍看之下，山本身似乎也成了这地貌的一部分，因为它有时会突然显露出它的本来面目，一座巨大的珊瑚暗礁。已经是下午了。阳光从一面斜射过来，另一面吹来了轻柔的下行风。那去年被人用犁杖在大地上书写下的东西如今已经绽放，发射出一种强有力的光线。路边的麦秆仪态万方，列队从我身旁经过。在山的皎洁中，我有意识地放慢了脚步。怎么了？什么也没发生。而且什么也不需要发生。我已摆脱了期待的束缚，远离了每一种迷醉。整齐的步伐已经成了舞蹈。那具完全伸展的躯体，也就是我，为自己的脚步所驱使，如同坐在轿里一样。在那个完美的时刻，那行进的舞者，例如我，将“广延的形式和关于这个形式的观念”（按照那位哲人的看法，这两者“乃同一的东西，不过由两种不同的方式表示出来罢了”）同时表示了出来——游戏的规则与规则的游戏，就好像从前上奥地利州马路上的那位甩动裤脚的男人。是的，那个时候我自己也知道了，“我是谁”，并且随之感受到了某种不确定的使命。没错，那位哲人的著作就曾是一种伦理学。

有一张塞尚的照片，画家拄着一根粗粗的手杖，背上系着作画的工具，照片的标题颇具传奇色彩：“向主题进发”。而在高地上，我满心喜悦地行进着，却不必烦心什么进发，或是什么主题的事情——但是我知道，我们的画家也没有使用过任何特殊的“鸟群”来让他画上那广阔的世界集合成一个整体。动物只在他最初的画作中出现过，而且全部都是野狗，它们都以蹲坐的姿态出现在那些恐怖狞厉的野餐或是赤裸图画上。有人将其解释为那些抗拒精神憧憬的愚人。

尽管心情愉悦，但在旅程之后，能够坐在毗卢毕一处普罗旺斯村庄的梧桐树下，并且在一群陌生人当中喝一杯啤酒，还是很令人快乐的。在山的线条的映衬下，这里房子的屋顶显得格外安详。一条洒满阳光的街道名叫“rue du Midi”[1]。一位老兵气质的老先生在咖啡馆的露台上向我们其他人温柔地展示他那根欧洲刺柏木做的手杖，让我想起

[1] 法语，意即“南方之路”。

了电影大师约翰·福特[1]。两位年轻的女士好像刚从大师的老电影中走出来一样，背着背包，穿着钉鞋，正向山脊方面行进，她们打算在山脊上向西漫游。

[1] 约翰·福特（John Ford，1894—1973）：美国电影导演。

狼跃

毗卢毕也是我与“我的”狗发生经历的地方。在我摆脱它之前，我是无法继续前进的。

我们家里还从来没有养过狗；只有一次，一条流浪狗在我们家留了下来，然后我就离不开它了。有一年夏天，它被车轧了，又过了几天，我们用小车把它送到了邻村的病畜屠宰场。这一过程后来演变成了一次为期较长的科学探险，因为我们一次又一次地因为忍受不了那里的臭气而跑开，最后不得不把我们的小车停在了空旷的田地上。（那也是孩提时代的我唯一一次感受到了某些类似绝望的东西。）后来，在某一个城市，我又亲眼见证了，一条黑色的大丹獒犬与一条同样黑色的杜宾犬两面夹击一条白色的长卷毛犬，然后把它撕成了两半。

而自从我步行走了很多地方之后，我才对绝大多数的狗有了一种难以克服的厌恶。现在每到了一处空旷的地方，我都不得不提防像毗卢毕那次一样的猛兽出现。猫专注地躲在草丛里窥伺；溪水深处的鱼因为受惊而四散奔逃；大黄蜂嗡嗡的鸣叫只是在发出一种警告；蝴蝶依然是“我那圣徒死后解脱的思想”；蜻蜓则呈现复活节前的颜色；清晨的鸟儿成群结队，汇成海洋，傍晚则回复到头埋在翅膀底下的状态，在羽毛下面发出轻微的声响；蛇依然还是蛇（或者是空空的蛇蜕）——但是，在那幽暗的远处还有一条狗站在那里一动不动，走近一看原来只是一根篱笆桩，然后真的来了一条狗。

在毗卢毕之外，有一处外国军队的兵营。在返回艾克斯的路上，我特意绕着毗卢毕兜了一下，途中经过这里。整个营地是一个混凝土建造的场地，没有树，也没有灌木丛，四周都是高高的铁丝网。操场与大楼都是空荡荡的，部队似乎已经开拔了。

尽管如此，我随后还是听到了一种刺耳的金属的声响，仿佛一个疾奔的人带着拔出的武器。一阵隆隆的声响，或者更确切地说是空气中一种低沉的声音从远处越来越近。几乎与此同时，我在离我极近的地方听到了一阵吼叫：那是所有声响中最为凶恶的，是死亡与战争的嘶号，心脏毫无来由地开始狂跳起来，在我短暂的想象中，心脏就像是一只弓起背来戒备的猫。周围一切风景的颜色与形式都消失了：只剩下一片牙齿的白色，和后面那团晃动的略显淡蓝的肉紫色。

是的，在我的面前，在栅栏的后面，站着一只大狗——一种獒犬，我马上就在它身上重新认出了我的敌人。还有另外一些狗也从院子其他地方跑了过来，爪子在水泥地上挠刮。但是，它们都同我保持着一定的距离。那第一只狗，从它的姿势与声音上判断似乎是狗王。

它的身体看上去色彩斑斓，而头和脸都是深黑色的。我当时想，“仔细看看这恶魔”。它的颅骨很宽，尽管有悬垂的上唇，但看起来却显得比实际短；三角形的耳朵像是拔出的小匕首。我找了一下它的眼睛，遇到了一丝闪烁的微光。在咆哮的间歇，它大口大口地喘气，只有口涎静静地滴淌下来。其他的狗也开始吠叫，但是相形之下，却显得麻木和空洞。它的毛很短，很光滑，上面有黄色的条纹；肛门上有一个纸一样白的圆圈；尾巴上没有很长的毛。当那凶恶的号叫再次响起的时候，周围的风景都消失在唯一一个由炸弹坑和炮弹洞形成的旋涡当中。

回过神来的我又看向了那条狗，看得出来，它恨我——但是，还有一个看得出来的东西，那就是这个动物的痛苦，似乎有某种受诅咒的东西在里面翻腾。它全身没有一处地方能够保持安静。只有一次，好像是对我丧失了兴趣，它停了下来，假意向旁边眨眨眼睛，甚至屈尊降贵地与它的伙伴们玩了起来（它或许会把它们全都咬死）——然后在下一秒突然向栅栏这边跃了过来，惊险得足以拍成电影，它跳得非常高，吓得我真的向后退了几步。

然后，它静静地站在那里，保持着威胁的姿态，很专注地看着我的脸，看了很长时间，当然只是为了找到一些恐惧与虚弱的迹象。我马上明白了：它并不是专门针对我个人，而是在这块外国军队的地盘上，战争法则乃更为有效的东西，而它那对杀戮和血液的渴望则被人训练用于攻击没有武器和制服的人，像**它一样手无寸铁、身无寸缕的人**。（至少一定会有不拿武器的人，一个手无寸铁、身无寸缕的我曾经对此这样写道。）它，警卫犬，站在营地里；而我站在田野里（根据它的天性，它对此视而不见，因为对它而言，真实的事物仅仅只存在于它的封锁区域里而已，此外别无他物）；铁丝网在我们中间，正如一首老诗所描写的那样，**它就是一场永恒的、该死的、冰冷的、猛烈的大雨**。透过它，我打量着我的敌人，既沉着又迷离，观察它那嗜血的欲望因为隔断而更加强化，而它又如何因为这强化的欲望而丧失了所有的物种特征，变成了所有刽子手中的典范。

这时，我突然想起了一段与外公散步的经历。当时他向我展示了，人们在野外步行的时候应该如何与狗保持距离：虽然手上并没有拿石头，但是他总会弯下腰去，做出要捡石头的样子，而且每次都会真的吓退那些动物。有一次，他甚至把土扔进了一条狗的嘴里，而那狗把土咽了下去，然后让我们过去了。

我也想在毗卢毕的那条獒犬身上尝试类似的举动，但是这条狗随即却只是张开那张血盆大口向我狂吠。在我弯腰的时候，一张黄色的巴黎地铁票从外套里掉了出来，那是一张废票，背面记满了笔记：完全是出于任性，我把那张票扔过了栅栏——而那条狗马上就变成了一只黄鼬，一个众所周知的杂食动物，它把我的票吞了下去：那是贪婪的欲望，同时也是对人的反感。

在我的想象世界里，这个时候，那群在它身体里面靠它生活的虫子们会立即在一阵幽深的混乱之后冲向那张车票——而这时，那狗真的就排出了一坨扭结的、像它的匕首耳朵一样尖尖的塔形粪便。这时，我才留意到，原来这条獒犬早已在周围的水泥地上堆积了其他一些干燥的、早已褪色的类似物体（真是既傲慢自大又一塌糊涂），给自己划定了一个公共的势力范围。

在这样一个毫无自觉意识可言的凶恶意志面前，任何好言好语（乃至任何言语）都是不堪设想的。所以，我坚定地蹲了下去，而外国军队的狗也哑火了。（更确切地说，它只是愣住了。）然后，我们的脸相互贴在一起，并且消失在一片共同的云雾里。那条狗的目光已经失去了闪烁的微光，而那深色的头部则具有了一种额外的面纱般的黑色。我们的眼光交会——但只有一只眼睛与另一只对视：它只有一只眼睛，我正视着它那只独眼；然后我们彼此都从对方那里意识到了我们是谁，但我们却只能是永远的死敌。同时，我意识到，这个动物已经疯了很长时间了。

那条狗的下一声响动却不是吠叫，而是一种急切的喘息，越来越强烈，到了最后，就好像它刚刚长上了一双不停扇动的翅膀，它要马上带着这双翅膀飞过这栅栏一样。周围伴随着它那些同伙的叫声，那叫声不再针对我一个人，而是后面那连绵山体的白色，或者它们这动物王国对面的一切东西：没错，现在它要猎取我的生命；而我也想要用一个强有力的字眼杀死它或是驱走它。

因为仇恨，我默默地离开了那个地方；与此同时，我也很清楚自己的罪责："我不能为了我的企图而仇恨。"一路走来的感激之情已经被遗忘；山的美已经毫无意义；只有"恶"才是真实的。

我沉默不语，走路也变得异常困难。敌意在我的身体里继续抽搐，已经开始发臭。身处大自然里，我却找不到任何可以辨识的东西，尤其是再也找不到任何可以命名的东西了——对于我那种手足无措、如临大敌的僵硬状态，当时的我突然想起了一个在法国经常使用的德语外来词“这是啥”（Was-ist-das）：这个词应该是来源于1871年的普鲁士占领军。当时这些入侵者可能对于许多巴黎阁楼上面的天窗比较陌生，所以就把它称为“这是啥”。

在毗卢毕之外，西方已经成了前进的方向，我来到了一个杂草丛生的羊肠小道上。这条路从一处坡地上的葡萄种植园中间穿过，我让阳光照着我。也许是走得太多太累，我小睡了一会儿。我梦见了那只狗，它已经变成了一头猪。明亮、结实而且丰满，它已经不再是某个人鄙视的东西，而是一个自在自为的动物；我赢得了它的欢心，爱抚着它——但是，醒来的时候却并没有因此而解脱，而是按照那位哲学家的说法，“通过狂欢的涤荡而为那神圣存在的作品做好了准备”。

在依然明亮的天空上，月亮升起来了。我因此想起了天使安息的“沉默之海”，而福楼拜的“安慰”则直达我心里。在布满黏土的羊肠小路上，我闻到了清凉的空气，要下雨了。我新发现了一棵桦树的白色。葡萄园里所有的行列都是向不确定方向延伸的道路。竖直的葡萄藤就是静谧的烛台；而月亮则是幻想旧有的星宿。

伴着落日最后的余晖，我走在路上，迎面是欢快的风。山的蓝色，森林的褐色与泥灰岩斜坡的朱红色是我的彩带。同时，我也奔跑起来。有一回，在一处小沟壑上方的桥面上，我甚至跳了起来，又高又远，迸发出一阵邪恶的笑声，于是我将该地点命名为“狼跃”（用法语说就是“saut du loup”）。然后，我安静地继续前行，心中只剩下对艾克斯的佳肴与美酒的期待。

当我在深夜到达那里的时候，我看到米拉波大街多余的石块上有螃蟹爬上爬下，我还把夜风中一只蓝色的气球想象成了升腾的香烟。疲惫中的我别无思绪，唯念着一首“长日蓝调”。

桑树小径

我在普罗旺斯又待了几天。有时，因为太多寂寞，我失去了幽默感，而颜色也逐渐褪去：苍白兼奇形怪状（总是越来越坏）。一天夜里，一个男人穿过马路，走到我面前说："我要杀你。"我看看他空空的双手，说道："不行，不要用刀。"我成功地看到了他的目光，然后我们一起走了一程，作为伪装的同伴。

在洛甫路（Chemin des Lauves）的塞尚工作室里，他的东西都已经变成了圣物。在窗台上面干瘪的水果旁边，我外祖父那件肥大的黑色上衣被小心翼翼地悬挂在烙铁的上方。在米拉波大街的咖啡馆里，我遇到了"玩纸牌者"。他们已经在桌子上铺好了玩牌用的桌布，他们的外貌与画上的并不一样：红红的脸颊，健谈，几乎不怎么休息；但是又和画上的一模一样（总是向纸牌方向下垂的眼皮）我坐在旁边，读着巴尔扎克 的小说《无名的杰作》，里面那位失败的画家弗朗霍夫一直在追求完美的真正的绘画，而塞尚正是在这一追求中重新认识到自己的。这时，我发现，法国的东西（作为文化）已经变成了一个管辖着我的——但却一再令人想念的——故乡。“Jas de Bouffan”（“风之别墅”）一度是塞尚全家的庄园，同时也是画家的工作地点和他的作画主题。它现在与马赛的一处高速公路相毗邻；它的后面则是一片与它同名的新建区域。那里一个有关房屋密封的广告牌上写着：“Réussir votre isolation”（“您的封闭大获成功”）。但是，随后，一家超市的“全部价格”（“Omniprix”）被我看成了塞尚一封信中提到的“全知全能”（“Omnipotens”）。

还有一次，我在外面的地中海常绿灌木林里迷了路，突然发现自己来到了一个水库的前面，湖水湛蓝而又空洞，卷着猛烈的浪涛，正巧有一堆枯萎的树叶从上面漂过，水的深处看上去仿佛是一处挪威的狭湾。强烈的阵风像是一颗炸弹拍在树上，而一棵常绿灌木反射的光芒，仿佛上面挤满了密密麻麻的蚂蚁。尽管如此，我还是不断地感受到，美在包围着我，这种感觉如此强烈，以至于我很想去给别人一个拥抱。

最后一天里，我终于下定决心，登上山顶，因为此前我都是在下面兜圈子。出发点是在沃夫恩盖，那是位于山脊北部向斜褶皱的山谷里的一处村庄。那位与村庄同名的哲学家[1]曾在此有过评论："是激情先教会了人类理智。"

通向山脊的路上有一座废弃的小教堂，路很长，但走得并不辛苦。（为了防止口渴，我特意带了苹果。）迎着强风，我坐在山上的一处岩石缺口里，在下面的时候，我曾经把这里看作是"最理想的通行口"。我眺望着南面的大海，北面是旺图山（Mont Ventoux）那灰色的山梁，而在东北方，很远的地方，那是阿尔卑斯山的峰顶线："真的很白"（某人曾经这样形容白色的风信子）。曾经的**修道士花园**为了防风被深深地嵌在了岩石里，仿佛一个灰岩坑；其上的高空中有燕子翅膀扇动的声音（在回来的路上，这声音不时地与摇晃的蜘蛛网一起重现）。沿着山脊再往上，有一个很小的石头垒成的简陋兵站，几乎无法与周围的岩石相区别，有两名士兵弯着腰进进出出。他们在站岗，还有一个无线电通话器，发出噼噼啪啪的声音，传得很远。

不过，让这山的高度变得很不真实的并不仅仅只是这处军事设施，或许是那近在眼前的暗灰色的石灰岩。这里没有所谓的登顶体验——我想起了一位著名的登山家，他

[1] 沃夫恩盖侯爵（Marquis de Vauvenargues，1715—1747）：法国哲学家，伦理学家，生于普罗旺斯地区艾克斯市。

登上了世界的最高点，为了表达这种极度兴奋的心情，他在书中引用了另外一个人（并非登山家）的感受，那是该人在海拔不足一百米的、几乎完全平坦的市郊街道上漫步时写下的句子。所以，我很快就从西面下山，期待着下面的高地、山谷和普罗旺斯的街道。塞尚曾称赞这些街道是古罗马人的街道："这些古罗马人的道路铺设得至今依然令人惊奇。它们曾对地形风貌深具意义。路上的每一个点都有一处图景。"（这也是为什么我宁愿在有车行驶的道路上行走，而不和别人在所谓的徒步旅行者之路上相互推挤的一个原因。）

当我之后从第一处高地那里向山的方向回首时，山的侧面再次闪烁着光芒，华丽而又隆重（某个发光的地点简直就像是一个大理石纹路）；回头再看第二眼的时候，在下面一片五针松林那里，山的光亮透过树尖，好像一件挂在那里的洁白婚纱。继续前行，我把一个苹果扔向天空，它在空中转动，将我脚下的小径同森林与山崖连接了起来。

从那条路那里，我要推导出写一部《圣维克多山启示录》的权利。

在那位伟大画家的王国里，我已日渐隐形——不论是对我自己，还是对其他人而言，均是如此。这个陌生的社会协助完成这一过程，它非常友好地忽视了我。随着时间的推移，我甚至似乎可以根据不同的情况来自行决定，是否成为一名“隐形者”。我并不是消失在或者融入到风光地貌中，而是很好地隐身在风光地貌中的物体（塞尚的物体）里。

难道很久以来不就应当如此吗？在童年时代不就已经出现了对我而言是隐身之物的东西（就像是后来埃斯塔克村这个**地方**）吗？塞尚和这个东西并无关联（但也许是另外一位画家）。通过一个神圣的传奇，此物变得对我异常重要（虽然在那个传奇里面，这个东西根本就没有被提及）。

这东西就是一个“柴火堆”。那个神圣的传奇是圣亚历克斯[1]住在楼梯底下的故事；而“另一位画家”则是来自末代沙皇时代的格鲁吉亚农民画家，生前一贫如洗，如今却举世闻名，他的名字是皮罗斯马尼[2]——这里的关联也许无法解释，但还是可以讲述的。

在我外公的房子里，有一个木质的狭窄楼梯，楼梯下面是一个没有窗户的小楼梯间。对当时的我来说，圣亚历

[1] 圣亚历克斯（Alexius）：根据一个5世纪的传说，亚历克斯是一位罗马的富人，他自愿选择贫穷的生活，住在埃德萨（Edessa）达17年之久，最后默默无闻地死于自己父母的家中。
[2] 皮罗斯马尼（Niko Pirosmani，1862—1918）：格鲁吉亚画家，原始主义绘画的重要代表。

克斯就在那个“楼梯底下”的空间里，他从陌生的远方回来，默默无闻，处于隐身的伟大战栗之中（那是我自己的战栗）。然后，在村子的其他房子那里，在它们的外面，我也看到了相似的木板隔成的小空间，其中有许多木板隔间，里面用来存放工具，或者干脆就堆放着密密麻麻的柴火——在很久以后，我有过幻想，我那些先祖，关于他们我几乎一无所知，他们就来自“格鲁吉亚”；正如我在新英格兰海岸的科德角上为我还在撰写的故事的主人公找到了居所一样，我希望，我能够在东方获得一些关于他的祖先的信息——而我故事的依据就是皮罗斯马尼的那些画作，它们讲述的同时也是画家自己的生活：这位格鲁吉亚画家曾经到处流浪，他当时主要是靠帮人制作乡间客栈的招牌来维持生计，他生命的最后一段时光就是“悄无声息”地在一个木板隔间里度过的。在我的想象当中，那个木板隔间一定是在“楼梯底下”……——而（这也许是一个封闭的循环？）我的一个理想画面就是，作为一名作家，用我所写的东西去做另一个人（这个人也可以总是我自己）脚下的厚木板路，或者干脆做一个明亮、均匀、堆放紧密的“柴火堆”。

“写作的权利”——这是每每开始一项工作所必需的东西——早在从圣维克多山下来的时候就已经预示过它的到

来，因为当时的我成功地批判了自己（一般下山的时候，我总会陷入沉思，从而变得毫无幽默感可言）。一片透着微弱光芒的草地，马上让我想到了“伊甸园”，就连上面的鼹鼠丘也仿佛“置身在深蓝色的背景里”。站在草地前，我做好了演讲的准备：“面对美，不要总是想着天空光线的对比——而是要看看这土地。你要谈论这土地，或者只谈谈这块污迹也可以。请你给这污迹连同它的所有颜色**命名吧**。”

接着，觉悟的我缓缓走开，头几乎总是低垂着，尽量避免去追寻每一个远处。在暮霭中，我只是用余光朝一条岔路的深处望去——现在我已经记不清，当时我是否停下了脚步；也许我没有遭遇任何阻拦就继续前行；但我的心境却是宁静与欢欣的；我那写作的正当权利刚刚渗透了我的全身；我刚刚对文字与叙述充满信心。

为什么我要说：写作的**权利**？这就要提及某个不确定的爱的时刻。如果没有它，也就没有了写作。在那条岔路的深处，我看见了一棵桑树（实际上我只看到了在浅色的尘埃上的一抹略红的果汁斑点）。它与 1971 年夏天的那些桑葚果实的红色形成了清新且耀眼的统一。正是在那一年，我在南斯拉夫获得了一种理智的喜悦。还有一些东西暗了下来，是景色，还是我的眼睛？而同时，每一个细节都显现得既完满又清楚；对此保持沉默，让惯常的我变成了纯粹的无名者，而我，摇身一变，变得比单纯隐形的时候多了一些东西：**作家**。

没错：那个暮色中的岔路现在属于我了，它可以被命名了。通过尘埃上的桑葚斑点，幻想时刻（此时，对我而言，只有我是非常真实的，并且知晓一切真相。）不仅将无辜的自身生活碎片整合起来，同时也为我重新打开了与其他未知生活的联系。这幻想时刻就是那不确定的爱，它希望将这爱以一种能够唤起忠诚的形式（！）来加以传达；它就是合理的建议，那是为我那整个从未确定的隐形民族的团结而做出的建议；它就是我们共同的存在形式，即写作那令人放松和愉悦但又胆大包天的道德时刻。在这一时刻，我平静了下来，就像待在“一条船的理念上”。然而，那种惯常的痛苦，或者说折磨（当然，这是绝望的反义词）马上又随之而来：“但是什么才是形式？那个无辜的人，也就是这里的我（我没有感觉很好，只是感觉无辜），到底该讲些什么？而谁才是这段讲述里的英雄？”（因为，不确定的读者们，到底是谁平时曾作为画的对象或是故事的英雄给过你们生活上的建议呢？）

一辆汽车停了下来，后座上是一条安静的小狗，车把我带进了城市，我带着一个热切的决定到达了那里；我要探寻那无质但却有形的语言，我希望用它来继续讲述那个交叉双臂的男人的故事，讲述他那迟迟未兑现的归来。不，这不是痛苦；这是工作。

万像之像

迄今为止，这里涉及的主要是一个画家和一个作家，关涉的是图像和文字。现在，终于是时候讲讲我为何感觉画家塞尚是一位人类的导师——请允许我大胆地使用这个词：现世的人类导师。

众所周知，施蒂弗特曾这样表达过艺术的永恒法则：“风声飒飒流水潺潺谷物生长海泛波澜大地回春天空明朗星光灿烂，这一切我都认为是伟大的。（……）我们想要窥见这引领人类的柔美法则。”值得注意的是，施蒂弗特的小说通常总会朝着灾难方向发展；不需要添加任何戏剧效果，仅仅是物体的静止状态就经常会成为一种威胁。首先是雪“悄无声息地”下着，形成了“美的银装”，孩子们走在“美的”冰川上，但当他们迷路时，这冰川却“透着瘆人的蓝光”。这时，“美的银装”也变成了“惨白的幽暗”。[1] 而那座荒原村落上方的“耀眼天空”已经持续数周之久了，并最终使得那“柔软蔚蓝的空气”变成了“闪闪发亮的石头”。事物总是朝着恐怖神秘的方向转变，对于这种转变的解释是在作者笔下的人物那里找到的。但是，通过时间上刻意的叙述，那草地上静静的流水也许就会与危险的大坑相关联——没有人会彻底陷进去，所以，小说《石灰岩》[2] 的第一个句子也完全可以用来指称其他所有彩色的石头：“我要在这里讲一个故事，那是一个朋友讲给我们的，里面虽没有任何奇特的内容，但是我却无法将它遗忘。”（作为画家的时候，施蒂弗特却从未在画里面描绘过灾难；最多用素描来反映一下大风造成的树木损害。）在巴黎的国家影像美术馆里有一幅塞尚的画，站在画的前面，我相信我懂得了，对我们而言什么才是关键，这个“我们”指的不仅是他，一个画家，也不仅指的是现在的我，一个作家。

此画作于塞尚晚年，当时已是20世纪初，而且与以前的许多画一样，它的主题也是山崖与松树。画的标题里面清楚地交代了所画地点与方位：Rochers près des grottes au-

[1] 以上引文出自施蒂弗特的小说《水晶》。
[2] 施蒂弗特的另一部小说。

dessus de Chàteau-Noir[1]。(那是位于托罗奈村上方的一座古老的地主庄园。)

很难说，我在这里理解到了什么。当时，我的主要感觉就是“贴近”。而现在，在我有了一种将我的经历将以传达的需要之后，在进行了长时间的“对于所见之物的思考”(或者说就是一场头脑风暴)之后，我想到了一个电影场景：在约翰·福特的电影《愤怒的葡萄》里面，亨利·方达[2]与自己的母亲共舞。

在那个场景里面，所有的人都在成双共舞，为的是抵御一个致命的威胁：他们是群因为受灾而到处流浪的人。当他们终于在一小块土地上找到自己的栖身之所时，他们要奋起反抗包围他们的敌人，保卫他们的土地。尽管跳舞本身完全是一个计策(母亲与儿子，他们到处旋转，向彼此、也向其他人投去狡猾警惕的目光)，但这舞蹈却是独一无二的(也是前所未有的)，它迸射的是一种真挚的团结。

危险、舞蹈、团结、真挚——这些也构成了我在塞尚画前所领悟到的“贴近感”：因为那松树与山崖在电光火石之间就已经高高地矗立在了我的内心最深处——仿佛一只翱翔的鸟，带着巨大的翅膀，穿过整个身体；它们不会像

[1] 法语，意即“黑城堡上方的山洞旁的山崖”。
[2] 亨利·方达(Henry Fonda，1905—1982)：美国著名演员。

恐惧那样的情绪一样很快烟消云散，它们将长存。没错，这种贴近感也是一种认识：1904 年，在画完成的那一年，有一件不可逆转的事情发生了，那是世界性的大事件；而这个历史性的大事就是这幅画本身。

曾经有人请求塞尚，要他描述一下他对“主题”的理解，塞尚“很缓慢地”将双手的手指叉开，相互靠拢，弯曲手指，然后相互交叉。当我读到这段内容时，我又记起了，在我欣赏那幅画的时候，我曾经把那些松树与山崖看成了纠缠交织的文字，令人难以名状。在塞尚的那封信中，我还了解到，他的绘画绝对不是“模仿自然”——更多地是“平行于自然的营造与和谐”。然后，通过亲自在画布上实践，我意识到：那些物体，即松树和山崖，它们已经在那个历史性的时刻在那个纯粹的平面上（这意味着空间假想的结束），带着平面上那受地点与方位（“au-dessus de Chteau-Noir”[1]）约束的颜色与形式（！），不可逆转地交织重叠在一起，形成了一个相互关联、在人类历史上独一无二的象形文字。

物体—图像—文字融为一体：这正是那独一无二之处——尽管如此，它依然还没有表现出我全部的贴近

[1] 法语，即“黑城堡的上方”。

感——同样属于这一贴近感觉的还有那棵孤零零的室内观赏植物。有一次，我在屋外透过一扇窗，把它看成了中国的汉字：塞尚的山崖与树木不仅仅只是这样的文字；它们不仅仅只是没有尘世痕迹的纯粹形式——通过画家之手所添加的戏剧性的**线条**（以及虚线），它们被额外地相互接合成了咒语——刚开始站在塞尚的画前面时，我的想法只有一个："真近啊！"而现在，它们让我想起了原始的山洞岩画——那是**物体**；那是**图像**；那是文字；那是**线条**——所有的一切均和谐归一。

在几百年之后，所有的一切均将被夷为平地，我们的画家曾在寄自埃斯塔克的信中这样写道。然后他又补充道："但是还有少数的东西将保留，它们仍将为我们的心与眼所珍爱。"然后在那些岩石与树木的绘画完成三年之后，他说："情况很糟。如果有人还想看点什么东西的话，那他可要抓紧时间。一切都在消失。"

一切都消失了吗？在国家影像美术馆里，难道我无法感受到塞尚那伟大的、在人类历史上无与伦比的物体—图像—文字—线条—舞蹈吗？无法感受到它用雄浑的力量为我们打开的广阔天地吗？难道我没有把那些松树和山崖当作是万像之像来加以体验吗？难道在画前不总是那个"善的自我"得到振奋吗？就好像面对着周围的人们？也好像身处其他的地点？难道我不是已经把对面墙上的静物看成是得到悉心照料的“孩子”了吗？

国家影像美术馆是一家非常普通的博物馆——但是那面被可爱的东西所映照的墙却**是美的典范**（而且透过窗户还可以看到协和广场，对于塞尚而言，那是“唯一的广场”）。梨、桃子、苹果和洋葱、花瓶、碗碟与瓶子，通过轻微的挪动和平面的倾斜，它们就像是童话中的物件，马上就要活过来一样。但是，很显然，那是地震之前的一瞬：这些东西仿佛是世界上的最后一批。

瑞士一家博物馆的墙与之很相似。墙上挂着三幅大的排成一列的肖像画：画家本人、他的妻子，以及那个穿红马甲的男孩。这几个没有自己专有名字的人好像是在火车里透过三扇车窗向外张望。那是一列静止的火车，但是它又穿越所有的时代。里面的三个人已经坐了很长时间。旅程还远未到终点。只有那个孩子似乎累了，手支着头；两个大人正襟危坐，沉着镇静——现在，他们背后的墙与国家影像美术馆里的静物墙有了一个交集：那列载着三个人的苏黎世火车停靠在了巴黎的水果大街上。

这样说，塞尚的作品就是意义重大的消息吗？对我来说，它们是建议。（在路德维希·霍尔看来，梵高笔下的人物“还可以描述出来”；而塞尚的人物却“只能用笔画出来”。）它们建议我什么呢？它们能发挥建议的作用，这就是它们的秘密。

因为很显然：几乎所有的一切都已经消逝了。在一堆水果当中，有那个涂蜡的橙子的土黄色就已经够人受的了，我已经无法再去设想其他的东西。物体本身的颜色在哪里？哪一种现时的东西是**视角对象**呢？我越来越急切地找寻一种尚未被染指的天性。也许人们总会将“崇高”算作此列，但它同时又总是带给我那种面对着一个要将我吞噬的地平线的恐惧。于是，为了能够长久地存在，我特意埋身于那些日常的人造之物中间。我不正是在沥青那灰蓝的颜色里面看到了一个山毛榉树林的倒影的吗？而夜间航班的轰鸣声不也偶尔曾让一天重新开始吗？孩子毛衣上面的星形金属装饰难道不是一件久经考验的东西吗？而在阳光下面，那只终于将里面的报纸清空了的塑料袋迎风招展，它难道不像是浅色的百褶裙吗？是的，但是这些不是平常琐事。也许有人会抱怨说：日常琐事已经变得很邪恶。在这些人造之物的周围，只存在着暂时性的悲伤的美。这种美并不是任何的确可以重复再现的东西，所以它并不真实。（没错，在前往艾克斯之前，我就曾在马赛机场那红色的塑胶地板上面看到了圣维克多山泥灰岩一般的光亮。）所以，可能对那个有一双眼睛在家里期待着他的男人而言，这美并不真实。

我曾在这儿的村子里听到两位老人说："如果他们什么都不信——那么他们到底为了什么来这儿的呢？"虽然他们说的不是我，但我还是感觉被包括在内。我不是早就在思考这样的一个问题："是不是只有与信仰联系在一起，物体才能持久地保持真实？"那两位乡村法官似乎很熟知的信仰的秘密到底是什么？我本来不可能用虔诚这个词来形容自己，童年的我比现在还要糟糕：但是难道很早以前不就已经有一个万像之像出现在我面前吗？

我将要描述此物，因为它属于这里。那个图像是一件东西，放在一个特定的器具里面，位于一个很大的空间里。那个空间就是教区的礼拜堂，那件东西就是和白色圣餐饼（即祝圣的圣体）在一起的圣餐杯，而供奉它的器具则是那个嵌在圣餐台上的、像转门一样开关的镀金的圣体龛——这所谓的"最神圣者"于我当时而言是"最真实者"。

这真实者也有它不断重现的时刻，即每当那通过化体[1]而变成圣体的圣餐饼连同它的圣餐杯一起被藏在圣体龛里的时候。圣体龛旋开；那件物体，即圣餐杯，被织物覆盖着，放置在了软龛的色彩斑斓中了；圣体龛再次闭

[1] 使圣餐饼与酒变成耶稣的肉和血。

合——现在就剩下那关闭的凹形穹顶的闪闪金光了。

而现在我对塞尚所谓的“实现”也是同样的看法（只不过我在其面前是笔直站立的，而不需要顶礼膜拜）：对于处在危险之中的物体进行转化和隐藏——不过不是通过某种宗教仪式，而是通过作为画家的秘密出现的信仰形式。

冰冷原野

巴黎的街道给我的印象总是出人意料地麻烦，即使我只是在其中短暂而行。与之相反，圣维克多山的山岳自那以后却一次也没有出现在我的幻想当中。不过，当我进行颜色和形式的类比时，这座山却几乎每天都会重现。不起眼的山路可以通往自由的顶峰与惊险的高地；而我也不需要专门地研究就会相信，我能够了解我周围的区域。

那座山对我的影响当然远远不止于一堂肤浅的自然课。

在巴黎有一座小山丘，但与蒙马特高地[1]不同，几乎没有人会注意到它。它位于城市的西郊，那里已经属于郊区的苏黑尼地区了，它的名字叫瓦莱利安山。沿着塞纳河的西侧有一串连绵的小山丘，这座山在其中并不引人注目，

[1] 蒙马特高地（Montmartre）：巴黎的一处高地，也是巴黎的一个区，此处有圣心教堂，有画家聚集的小丘广场，有夜夜笙歌的红磨坊，也有写满爱情的爱之墙，是很受旅游者喜爱的一处名胜。

山上修建了一座用作防御工事的要塞。二战期间，德国占领军曾将此要塞当大规模处决人犯的地点。

以前我从未登过此山，但是在圣维克多山之后，我却迫切地要登上它。于是，在某个美妙的夏季周日，我在上面看到了一处石头公墓。在蓝天的掩映下，我把它想象成了明亮的史前大墓地；采摘着又硬又甜的覆盆子；眺望着山丘支脉上的小房子，彼处的犬吠声不时响起，还有零星的炊烟冉冉升起，这时我体验到的只有这个与恐惧和阴森绝缘的当下。然后我继续向东慢慢走下山去，穿过河上的桥，回到了巴黎市区，然后在布洛涅森林公园里面，我马上又登上了第二座并不明显的山丘，它叫菲西莱山。这座山丘同样曾与战争有关，有些树干上面还可以辨认出子弹的痕迹（与其他地方一样，那些树下是周末郊游的人们露营的地方）。虽然经常有人拿塞尚的作品与音乐作对比，但是类似的情况出现在我身上却仅有一次，而这也发生在那个下午：就在我为了达到将“这个当下”长久保藏的目的，而试图像对待“一把马林巴木琴”[1]一样让它振动起来的时候。

傍晚的时候，我站在市郊的一处公路桥上，望着下面

[1] 一种来自西非的旋律性打击乐器。

的郊区高速公路犹如流动的金色。而直到今天我还清楚地记得，当时我在想些什么：像歌德那样的人一定会很羡慕我，因为我生活在 20 世纪末。

环绕着圣维克多山的圆圈越扩越大，并非故意；情况就是如此。

我的继父来自德国。他的父母在一战前从西里西亚[1]迁到了柏林。我的生父也是德国人；他来自哈尔茨山[2]（我从未去过那里）。而我母亲这边的所有祖先都是斯洛文尼亚人。我的外祖父曾在 1920 年投票赞成将南奥地利地区并入新成立的南斯拉夫，所以曾有德语族群的人威胁要打死他。（我的外祖母居中调停。调停的地点：“田埂”，斯洛文尼亚语叫“ozara”。）后来他对所有的公共事件几乎都保持沉默——我的母亲还是小女孩的时候，曾参加过一个斯洛文尼亚的业余剧社。她后来总是对自己能说这种语言感到自豪。而且她的斯洛文尼亚语也在战后在俄国人占领的柏林帮了我们不少忙。当然，她从来不感觉自己是斯洛文尼亚

[1] 西里西亚（Schlesien）：中欧的一个历史地域名称，大致在奥德河中上游流域，曾是普鲁士行省，1945 年后属波兰。
[2] 哈尔茨山（Harz）：是德国中部的一座山脉，横跨下萨克森、萨克森—安哈尔特和图林根三州，是德国旅游胜地。

人。有人说，这个民族完全缺乏民族的自我意识，因为与塞尔维亚人和克罗地亚人不同，斯洛文尼亚人从来不需要在战争中保卫自己的国家。所以，甚至连合唱的时候也经常是令人遗憾地沉浸在各自的世界中。——据说我最初的语言也是斯洛文尼亚语。当地的理发师后来跟我讲了很多遍，说我第一次去理发的时候一个德语单词都听不懂，和理发师对话用的是纯粹的斯洛文尼亚语。我已经记不得了，这门语言也被我差不多彻底遗忘了。(可能我总是幻想自己来自别的什么地方。)在奥地利乡下念书的时候，我偶尔会很思念德国。在我看来，那里充满了大城市的气氛——例如战后的柏林。当我得知第三帝国的事情的时候，我认识到，再没有比它更邪恶的东西了，而且只要我力所能及，我都会按照这个认识行事。但同时我又总会觉得，我孩提时代所经历的那个德国是与之无关的。

后来，我在联邦德国的不同地方生活了大约十年，那是一个看起来比我出生的国家更辽阔更明亮的国度。在奥地利——这是一种经验——几乎没有人会说我的语言，而在德国，我有时甚至可以满怀激情地插别人的话(每当我想要透露一些不一样的东西的时候)。直至今日，我依然有在那里生活的设想；因为我知道，这个世界上再没有哪个地方能像那里一样有那么多每天都需要写些东西出来的

“不懈努力者”；世界上也再没有哪个地方能像那里一样有那么多分散的、隐秘的读者。

但是，直到来了巴黎之后，我才体验到了群体的精神，我消失在了喧嚣之中。而从法国再去观察德国，我却发现了一个越来越丑恶的僵化的联邦德国。即使那些将“温情”、“团结”和“鼓励”挂在嘴边的人，做起事来也像是暴徒，而每个个体都变得多愁善感。(“固执、感伤与旅行”，是一个德国朋友的座右铭。) 那些路人，无论多大年龄，看上去都是暮气沉沉；**眼睛里没有色彩**。就连小孩子也似乎不是逐步成长的，而是突然间就长高了。荒凉的街道上，五颜六色的大楼似乎分解成了各自行驶的彩色汽车，而车里的人们也似乎被座位上的头靠所替代。那里典型的声响就是停车计时器那丁零当啷的声音以及香烟自动售卖机的喀喀声；与之相符的词汇则是“对排水口的忧虑”和“电视带来的烦恼”。商店的标牌上写的不是“面包”和“牛奶”，而是鱼鲁亥豕与僭越乱悖。几乎所有的东西，在报纸与书籍中也是如此，都有一个伪造的名字。星期天那些商店的旗帜在空洞中飘舞。而方言，那曾经是“灵魂的口音”，如今也只能算是毫无灵魂可言的笨拙，就像是在说外语，它在内心深处已经与人们背道而驰（在奥地利也是如此)。可能还存在与“其他方向”相连接的信箱——但是，却再也没有一种对于地理方位的感觉：就连大自然也好像变得失效了；树梢和上面的云都只会完成猛然抖动的动作——就在那些公共汽车般的高楼上的霓虹灯以你为目标的时候，就在住宅门后有拴狗的链子发出铿锵之声的时候，就在打开的窗子旁有人向远处的车祸一味张望的时候，就在大楼的对讲装置里有一个声音朝着孤寂的街道方向喊“是谁呀”的时候，就在报头上写着有人工草坪可以提供的时候，以及就在好像悲伤的美一样的东西偶尔在公共厕所周围飘浮的时候。

那个时候，我懂得了暴力。德国这片世界总是以“合理的形式”进行运作，就连死和永恒都会被它贴上方便识别的标签。它同时又是一个彻底无言无语且无声无调的世界，这样的世界并无公理可言。也许其他的地方也是一样，但是这里却给了我赤裸裸的伤害，我真的想要随便找个人把他干掉。我对这个国家心怀仇恨，这仇恨非常强烈，就像当年我对继父的感情一样。在我的想象当中，这个男人经常遭受刀斧的菹戮。而在政治家那里（正如在所有的政治家一般的“艺术家”那里）我也只是看到了一些拙劣的演员——没有任何能够从不偏不倚的角度出发的态度和意见——而我唯一的想法就是“缺乏赎罪精神”。

在那段时间里，我甚至对德国的地形地貌也非常反感：那些山谷、河流与山脉。没错，这种反感一直渗透到地层深处。所以，当时我对那个交叉双臂的男人的故事的设想就是，作为地质研究者，他要在题为《论空间》的论文中对联邦德国一种所谓的**冰冷原野**旁的地貌进行客观描写。在史前时代，那里曾有两条河流为了分水岭而“争斗”。其中一条河，因为落差更大，河道向后偏移，与原来分水岭另一侧的第二条河接在了一起，并且“强行夺走了”（术语就是如此）第二条河的水。按照人们的说法，第二条河的河谷被第一条河用“宝剑”“砍掉了脑袋”，变得荒芜了。河谷位于两河接合部下游的部分于是变成了“贫水河”，所以，今天的河谷看起来非常的宽阔，因此也被叫做**冰冷原野**。

不过，在踏上欧洲的土地之前，那位地质学家又重新变回了我自己，而我在回奥地利之前的那段间歇期里又重新住在了柏林。我重新阅读了《许佩里翁》[1]，终于看懂了每一个句子，而且可以像观赏图画一样欣赏那些语句——我也经常在达勒姆[2]博物馆那些古老画作前驻足。有一次，我从地铁里出来，走到了达勒姆村地铁站前的那个圆形小

---

[1]《许佩里翁》（*Hyperion*）：书信体小说，德国诗人荷尔德林（Hölderlin，1770—1843）的代表作。

[2] 达勒姆（Dahlem）：位于柏林西南面，属于柏林的采伦多夫区（Zehlendorf）。

广场上，看着广场周围那些结构复杂的路灯，让我想起了巴黎的协和广场，我的内心觉察到了一个“民族”的美，甚至还感受到了一些近乎于渴望的东西。也正是在德国，“王国”这个词向我展现出了新的意义。这时，我一直还绕着大弯奔波在那个博尔恩[1]曾经描写过的北方“平原上”，在那些曲折的沙路与幽暗的水洼再次让我想起17世纪荷兰的风景画。这一新的涵义来自于一个区分：那些风景，即使里面只有一棵枯萎的树或者一头孤零零的奶牛，它仍然能展现出一个“王国”的光彩——而在这里，我不过是在一个毫无光芒可言的“小县城”出没而已。

直到那时我才留意到，原来柏林位于一个宽阔的冰蚀谷内（可能我从前对此根本不感兴趣）。那些房子看起来依然好像很偶然地被散乱地安放在一个荒草平原上。在此期间我发现，远处的一些街道属于城市里面少有的几处地点，那里曾被史前正在融化的冰川水侵蚀成了一个明显的山坡。圣马太乌斯公墓就坐落在那里，而那圆形的山坡顶正好比周围的地区高出一座房子的高度，那里也应该是其所在的舍内贝格区的最高海拔。（那些因战争而形成的人造废墟山不算。）有天下午，我前往那里。天气很闷热，远处还传来

[1] 博尔恩（Nikolas Born，1937—1979）：德国小说家，诗人。

阵阵雷声。街道上第一个微小的斜坡就已经让我陷入了焦急的期待中。不过，直到走进公墓，我才看到了一个比较明显的山坡。山坡上也盖有房子。在山坡的顶上，整个地形伸展为一个平面，因为一个小的斜面的缘故，那里变成了一处梯地。我在那里坐了下来（我身旁的墓碑上刻着格林兄弟的名字），然后望着下面的一处大洼地，整座城市看起来在以一种完全不同的方式伸展。远处，在谷底那里，甚至让人有了一种河的感觉。雷雨的第一批暖暖的雨点拍在额头，而我现在完全有理由用老小说里经常出现的一个句子来形容当时坐在那里的我："那一刻，没有人比他更幸福。"回去的路上，我在那条更为倾斜的郎根沙伊特大街上感受着那些史前冰川水的冲刷：那是一种柔和清澈的感觉。夜晚，铅笔的石墨尖熠熠发光，而位于一处谷底里的"西方百货大楼"前的旗帜又飘扬了好几天。

最后，我前往哈韦尔山，海拔几乎不到一百米，它应该是西柏林最高的山了。在上山的时候，我看到草地中央的空地上有几个巨大的灰色袋子，有一些睡眼惺忪的士兵从里面出来。我兜了个圈子，然后到达了我所认为的山顶，因为实际上哈韦尔山山脊的高度非常平均。我躺在一棵大松树的下面，再一次呼吸到了当下的风。晨曦中，我从一处高台上眺望，高台下面有野猪在奔跑。我朝东柏林方向望去，那是我们战后曾经住过的地方。

那一年还发生了一件很偶然的事情，我去看望了我的父亲。我已经很长时间没有听到他的消息了，所以当他接电话的时候，我很吃惊。他住在北德一座小城里。我们到目前为止只见过几次面，与前几次一样，我们详细地进行了约定，但还是像往常一样相互错过了，然后又花了整个晚上的时间来寻找原因。他在太太死后就一个人生活着；连条狗都没有。他还有个孀居的女友，他们只在周末碰面；而平时他们会在晚上让对方的电话响那么一小会儿，以表示他们还活着。（但是，根据相应的惯例，这里就不将姓名与住址加以公布了。）我在他的眼中看到了对死亡的恐惧，并且感受到了一种迟来的责任。我感觉他像是朋友的小孩。那种半真半假的刨根问底已经偏离了提问的精神，而我可以要求长时间地保持沉默（我只能这样打算）。他负责回答，他自己也喜欢这样做。他偶然提到，每当他早上照镜子时，他真想“痛扁那张臭脸”。这时，我才第一次看到了一个英雄的迷失、痛苦与倔强。深夜，他送我去火车站，车站一棵树上的招贴画熊熊燃烧起来，让周围悠闲的出租车司机陷入了火海。

在那之后，我领略到了一个不一样的德国：不是联邦德国和那些联邦州，也不是那个恐怖的帝国，更不是那些小联邦州的桁架建筑。它是土黄色的，沐浴着风雨；它坐落在一座山丘上；它是那些窗子；它具有城市气息，但又杳无人烟，而且盛大欢快；我透过火车的窗子看到了它；它是河对岸的那些房子；赫尔曼·伦茨说，它就在“屋外”；它沉默且幽默，这叫做**中庸感**；它是“平静中有规律的沉默生活”；它是“美的中心”与“呼与吸的转折”[1]；它是一个谜；它能够重现，所以是真实的。看到它的人，就会像神探科伦布[2]在解决案件时一样机智。但是他也知道，从来就不可能存在一个彻底的放松。

[1] 系保罗·策兰的作品名。
[2] 神探科伦布（Columbo）：美国一个系列电视剧中的主角。

陀螺之丘

我已经确定要传达一些有关塞尚的那座山峰的事情。但是什么才是我那对象的法则，即它那自然且必需的形式呢？（因为很自然，我力图通过写作去影响一些事情。）

我写的东西不会是那种完全停留在专业领域内寻找证据与关联的科学论文——我的理想一直以来都是，像小说那样将重点以温和的方式加以体现，同时其叙述的顺序应该能给人以慰藉。

是的，我力图要讲述（并且饶有兴味地研究了那些论文）。因为无论是在阅读还是写作之时，我都经常将讲述的真相理解为一种明亮的状态。在那里面，一个句子很平静地传递出另一个句子，而真实的东西，即之前所得到的认识——只能在句与句的过渡间作为某种温柔的东西被觉察到。另外，我深知：理智会健忘；但想象绝对不会。

有一段时间，我心里一直有这样的目标，要去描述那些单独的事件，例如那山和我，那些图像和我，并且将它们以毫无关联的断片的形式并置在一起。但是然后，我又感觉，在这里断片式的随想是庸俗的东西，因为它并不是一种努力的结果（这种努力会渴望同一，并且也许会就此失败），而仅仅主要是一种可靠的方法。

不久，我在格里尔帕策的《穷乐师》[1]当中读到："我的身体因为对于关联的渴望而不停颤抖。"于是，我又重新提起了对万物同一（das Eine in Allem）的兴趣。我深知：它们之间的关联是可能的。我生活的每一个瞬间总是与另外的瞬间联合行动——不需要任何辅助的环节。它们之间存在着直接的联系；我只需要加之以自由的想象。与此同时，那种熟悉的束缚感也随之而来：因为我也知道，类比的相似性不可以轻易地显现；它们与头脑中日常的混乱状态相反，它们乃幻想经历热烈的震撼后结出的金色果实，它们是**真实的类比**。然后，按照某位诗人的说法，它们将成为"作品的额头，光耀四方"。这是一种能把小说紧紧束缚的类比，对它的信任难道不是一直都是一种狂妄的表现吗？

下一个问题则是情节的时间。很长时间以来，我就有

---

[1] 格里尔帕策（Franz Grillparzer，1791—1872）：奥地利诗人、剧作家。《穷乐师》是其中篇小说。

这样的感觉，似乎时至今日再也没有任何适合于小说的地点了。早在写那个交叉双臂的男人的故事时，我就不得不将故事的开头撤回到遥远的荒野中，而随后的故事仅仅在遭遇诸如“飞机”或“电视机”之类的东西时就几乎要失败了。于是，我考虑将情节安排在19与20世纪之交，故事的主人公将是年轻的画家与作家莫里斯·德尼[1]。而在现实中，德尼的确很崇拜塞尚，并且曾专程去拜访过隐居乡间的塞尚。而我也感受到了当时的气氛，仅仅通过塞尚工作室里那件肥大的黑色上衣，它与外公的那件几乎完全一样。

但是，主人公应该说德语，这难道不是我的真相的一部分吗？所以，我又开始了关于生活在两次世界大战之间的一位成长中的奥地利画家的想象。他在1938年德国吞并奥地利之后不久动身去了普罗旺斯。我早已对这样的人物有过深刻的印象：那是我母亲的一位后来在东方阵亡的兄弟，他一只眼睛已经瞎了，而他从战场上寄回来的信件总是字迹非常清楚，我小的时候总是喜欢一读再读。长大以后我也经常梦到他，所以我有一种很强烈的愿望，就是再变成他，然后重新体验圣像柱旁那蓝色的背景。

---

[1]莫里斯·德尼（Maurice Denis，1870—1943）：法国画家，先知画派（Nabis）的创立者之一。

最后我也希望，主人公可以是“我”（我把索尔格，那个地质学家，变成了我自己，所以无论如何，他都会在许多风景中继续发挥作用）。根据圣维克多山的启示，我不应该“虚构”，而应该去“实现”（具体来讲，虚构也一直都是其中的组成部分）；而我个人的信心就来自于对歌德所谓的“善的自我”的信心，那将是小说内在的光线，它是明亮与崇高的，只有它才能在阅读的时候传递信任的精神。再没有其他的东西值得一读了。

然后，我决定，再去一次普罗旺斯。在那里，我将期待我的最后一个启示。不过，我不想再一个人去那里了。我的心里有一个越来越强烈的需求，要找一个对我负责的人：不是那种什么都知道的人，而是一个自己也在踉跄而行的人，就像是某些小孩，人们可以向他们提出那些很重大的问题。

于是，我与D约好了在艾克斯市见面——D来自德国施瓦本地区的一个小城，目前在巴黎当裁缝。她是中学毕业之后就来到巴黎的。在市中心，她租了两间房子，然后很快就通过制衣工作赚到了钱——虽然一开始在一些商店那里有过屈辱的经历。与许多人一样，“去看牙医”的时候，她还是每次都会吓得缩回到自己童年时的情形。她的父母同样属于“隐身者一族”，而她从一开始就熟悉那些图景，不仅仅是作为装饰品。

她自己的图景就是那些衣服，每一件都有其特别的创意。那两间租来的房子同时也是一个大的工作室，里面挂满了彩色的料子。她比所有我认识的人都更在乎自己的工作。她的自豪感也由此而来，也只有艺术家才会这样。而对待每一个打扰她工作的人，她都非常粗鲁。

她说，有一次，她曾经试图制作一件“大衣之王”。她也相信自己有这个能力；但是最后她失败了，失败在“连接的问题”上。作为作家我对此也深有体会。（在此过程中，她失去了她的“自大狂”症状。）而那件“大衣之王”的未尽部分依然很美，所以据说在地铁里面，她受到过别人崇敬的凝视。

D 也是那个总是在巴黎为我传达消息的人：例如“通过自我控制来战胜敌人”，或者“一个人通过敏感而获得对别人的控制权”。看了希区柯克电影《历劫佳人》（*Under the Capricorn*）之后，她就讲起了里面演员约瑟夫·考登“脸上那平静”的嘴唇。而在看过了小津安二郎的电影之后，她在剪指甲时总会在下面铺一张报纸，因为在那位日本大师的电影里一再出现的主演就是这么做的。

D 的身上没有任何女性或是母性的东西。她是小孩—男性—少女。而如果别人允许她说出她知道的事情的话，她就会让你想起那个比任何主人都聪明的奴隶。有一次我在伦勃朗的画《雅各与天使角力》上看到了她，她就是那个天使，虽然圣经创世记提到她的时候只是说“有一个人”。有许多人，如果你与他们熟悉之后，就会发现那不过是一个毫无自我可言的空洞，疯狂且邪恶。但是D却总是令人难以捉摸——而且无法忍受陌生人的触碰。而在我问她为什么需要她的男朋友时，她的回答是：“光说话是很难安慰我的。”

她的眼睛是明亮的，眼周布满圆圈。有一次我生病了，她来了之后就很冷酷地盯着我，直到我把她轰走。而平时她也会让人想起一只羽毛蓬乱的走地禽：她不做手势，脸上几乎很少有什么表情，要么十分安静，要么就会活动身体（非常的笨拙）。这种时候，她总是很机警；从没有陷入沉思的时候。如果她在你身边，那她只是**参与**你的思考，而在她参与思考时，她就是伏尔泰那个所谓的 “好伙伴”：“他蔑视科学家，只想在好圈子里生活。”

同时，D很少露面；她很害羞，很容易难为情。她的才华在单独一个人的时候才能发挥到最佳，例如在工作中，或者当夜晚在巴黎的街道上闲逛，偶尔有一只手落在她的头上的时候（据说，她的父母也曾经这样“爱过”她的头）。

一般来讲，她是一个沉默的人（不过最近会讲很多东西，她还会在感动或激动时发出些莫名其妙的声音），而且——很少有女人会如此吧？——擅长走路。我们经常在巴黎与凡尔赛之间的阔叶林里穿行，那里处处耸立着枝干宽阔的深色雪松。

时光差不多已是冬天了。此前我刚见证了一个朋友的死去，重新对自己的生存感到了欣慰。那位朋友一直自视为“第一个经历痛苦的人”，但直到生命的最后一刻他还在抗拒死亡。而我则对每一件事物都充满了感激之情，我决定：“要为健康的每一天感到快乐，并尽量不让它虚度。”

有一次在机场的时候，人群站立于庄严的暮色之中；阴影覆盖的脸颊上面没有了惯常的恐怖。当有一个我很熟悉的人被广播叫到名字时，我突然感觉，似乎我从前遇到这些人的时候，他们都只是国际机场扬声器里的名字而已。

快要在马赛降落的时候，圣维克多山的山体在北方的地平线上一闪而过，像是一头鲸鱼。米拉波大街两侧的梧桐树已经落光了叶子，而整条林荫大道看上去像是一排灰白色的骨架。而艾克斯夏季那条繁华的街道如今却显得潮湿、灰暗而且荒凉，简直与巴黎的街道一模一样。和那些古老的书籍上写的一样，我们两人得到了“两个舒适的房间”。我望着D那双明亮且看不透的双眼。她也已经穿好了合适的鞋，第二天一早，我们就向东进发了。

在我对于关联性的渴望里面，还有一条很特殊的痕迹很值得一提，虽然我并不知道，这条痕迹到底有何指向，抑或它到底能否有所延续。在我欣赏塞尚有关那座山的绘画的所有时日里，我总会遭遇到它，最终它成为了一个我摆脱不掉的思想。

从西面望去，圣维克多山的山岳呈现三角帽形状，上面布满了岩层和褶皱，简直就是一个地质的横断面。我曾经在一本书里读到过，塞尚青年时代的一位名叫马里昂的朋友后来成了一名地质学家，他经常陪画家去野外写生。当我在研究有关这座山的相关地图与描述时，我的想象力不由自主地，并且不可思议地总是不停歇地萦绕着同一个点：那是两个不同质的岩层之间的一个断裂口。它恰好位于那条平缓上升的山脊小路上，该小路从西面一直向上延伸至真正的山顶。这个断裂口也可以说是一个“点”，因为在两处岩层形成的拱形隆起的最外端那里，山脊线正好从中间穿过。在野外用肉眼是不可能看到的，但是这个点却在画家的图画上作为或大或小的阴影条纹一再地出现。甚至在铅笔素描上，海湾也会被画上阴影线，或者至少具有一个柔和的轮廓。

正是这个断裂口——相关工作即将开始——打动了我，让我去重复这次普罗旺斯之旅。我希望从它那里得到解决问题的钥匙；虽然理智总是试图说服我：但是我知道，幻想说的是对的。然后到了艾克斯市，我满心期待的当然只有接下来的道路。

我们乘坐的公共汽车一直开到了一处高架渠，然后从那里我们步行沿着比贝米路向上来到了一处名叫“水手高地”的荒原高地。人站在上面第一眼望去，圣维克多山就像是从长满荆棘的杜鹃花丛后面突然冒起的一块漂砾石。这里也是塞尚之路比较幽静的一段，而且它不需要穿过村庄，而只是通到山脊上面，所以很快，路上既没有沥青也没有汽车了。

在城里的时候，一场晨雨还遮蔽着天空。等到来到高地上时，蓝色在广阔的天空上迅速绽放。我们走进了一片稀疏的五针松林，那向四面八方反射的针叶临摹的其实是那射破树林的阳光。过了一会儿，我小心翼翼地问D，问她到底是如何在制作“大衣之王”的时候失去她的“自大狂”症状的。她答道：“我最近已经重新找回感觉了。”

上山的路上还有一片橡树林，叶子早已落尽。如今只有四季常青的松树挺立在温暖的空气中，而远处地平线上则是一年四季都在闪耀着光芒的圣维克多山。粗大的树枝相互摩挲，并用嘎吱嘎吱的声音代替了夏天的鸣蝉。而黑白相间的喜鹊也出现在了一条岔路的尽头，动作活像一架纸飞机。高地上越来越静，以至于从下面各个平原上传来的细小的声响都听起来像是连续不断的钟声。目光在五针松球果打开的塔褶间穿过，一直瞄向那幽深的内在。但同时，这目光又聚焦在高空中流卷的云层里透过来的蓝色缝隙，牵挂着鸟鸣的念头变成了这鸣叫本身。

我们遇到了跑步者、猎人和士兵，他们似乎都是更有存在道理的一方。外国军营里的那条狗不见了。或许它已经化为了山隘间的一团黏土。山路不停地起起伏伏，蜿蜒迂回：这个高地并不是一个“水平延展的一马平川”（许多人在看了塞尚的画之后经常会这样描述），而是布满了沟壑与塌陷。我怀着不小的野心，想要熟悉这片山水的一草一木。我总是喜欢抄近路，这也使得我们不止一次迷失了方向，不得不找寻正确的道路，然后发现我们像两个白痴一样站在了不同的山丘上。

我们原本并没有登顶的打算，但是最终，虽然我们并未专门对此做出决定，我们还是继续向上攀登，一直到了最上面。上面还是像夏天一样风很大，与当时相比既不冷也不热。然后在傍晚时分，我们到达了托罗奈村，疲惫但又心满意足地坐在了叫做托梅，又名黄金之星（L’Etoile d’Or）的客栈里。能够说自己饿了，真是一种美好的感觉啊。

我的目光又望向了窗外那座我们刚刚登上过的山。山前是一片低矮连绵的丘陵，中间因为某一处洼地而截成两段。其中一段因为遭受过森林大火而显得十分荒凉。山坡上连一处灌木都没有，雨水在光秃的红色石灰岩上挖出了深深的沟纹。这些沟渠在非常平整的山坡上纵横交错，显得杂乱无章且漫无头绪。雨水冲刷去土层，形成了许多引人注目的小塔楼与小型金字塔，最上面堆积着淡青色的粗大石块。这一整片的荒凉区域连同那些纵横交错的、毫无方向性可言的沟渠，在一定程度上让人想起了美国南达科他州那些开阔的荒地，有许多西部片就曾以它们为背景，当年在这些荒地上四处寻找道路的人们将它命名为“Badlands”[1]。丘陵的另一段则免于山火的荼毒，上面长满了松树，茂密的枝叶相互覆盖，就像是层层叠叠的大楼，一直长到了丘陵顶上。D坐在我与远处的景色之间，身上穿着那件由不同颜色的布料缝合而成的连衣裙。那同时也是一件大衣。

直到此刻，我的想象力曾经长期萦绕的那个点又重新浮现在了我的脑海。我朝山脊方向望去，想要找到那个断

[1] “贫瘠土地”之意，常见于易于侵蚀岩石的地区，是大面积风化，块体移动，雨水冲刷及冲沟侵蚀的综合结果。“Badlands”一词初期只是用以指称美国南达科他州的半干旱沟谷地貌。

裂口。虽然用肉眼是看不到的，但是我知道，它有一个标记，那就是一个位于山顶位置的电线杆。这个斑点甚至有它专门的名字：Pas de l'Escalette（即埃卡莱特隘口）。而它的下方，在一处较为平整的低洼地上有一个孤零零的小木屋，地图上称之为"Cabanne de Cézanne"（"塞尚小屋"）。

有某些东西放慢了速度。我观察那个点越久，我就对此越有信心——那是一个答案？一个认识？一个发现？一个结论？一个定局？渐渐地，那个远在山脊上的断裂口已经在我的内心扎根，发挥着**旋转中心**的作用。

首先，那是对于死亡的恐惧——就好像我正夹在那两个岩层之间被压得粉碎。然后与以往一样，我达到了一种**坦诚的状态**：正如曾经的**每一次呼吸**（也可以再次被忘怀）。山丘顶上的蓝天变得**暖融融**，而在荒凉的那一段山丘那里，红色泥灰岩沙石变得酷热。而旁边，在长满森林的那一段山丘那里，漫山遍野的五针松表现着最丰富多样的绿色，树干之间的阴影就像是山坡上一个由全世界各个民族组成的村子里的一排排各式各样的窗户。现在森林里的每一棵树木都清晰可辨，它们矗立在那里，却又不停旋转着，就像是**永恒的陀螺**。而矗立在那里的整座森林（以及整个世界村）也随之而旋转。这一切的后面就是圣维克多山那久经考验的轮廓，而在这一切的前面，则是 D 和她的那些颜色，她是能予人慰藉的人类形式（有那么一瞬间，我把她想象成了“乌鸫鸟”）。

没有人情不自禁或是张开双臂。但是内心的感觉非常丰富。所以有人慢慢地将双手靠拢，然后放纵双手，让它们交叉成一个拳头。我将下定决心，排除万难，勇敢行动！我还看到单词的王国在我面前展开——带着那**形式的伟大精神**；还有那安全的外壳；以及刀枪不入的中途时间；展开的持续时间则是“存在的不确定延续”，这也是那位哲人对于“期限”的定义。我再也不去想什么“读者”的问题；我只是满怀狂野的感激之情看着地面。那是黑白相间的小石块马赛克。在通向客栈二楼的木质楼梯上方飘着一个被系在栏杆上的蓝色气球。露天的一张桌子上有一个搪瓷罐子。在远处哲学家的高地上方，天空绽放出一种特别清新的蓝色，那是塞尚描绘那座山时经常使用的颜色。悬崖上有云影飘过，仿佛在不停地为它罩上帷幕。然后（其时已是十二月中旬，太阳很早就会落山），整座山终于都处在祥和的黄色光辉中，仿佛一座玻璃山，而不像另一座山那样阻挡着回家的路。我的内心已经感受到了所有这些事物的内在结构，它变成了我的技能与知识。**凯旋**！我这样想道——仿佛一切都已经幸福完满地撰写好了。然后，我笑了。

D 再次参与了思考，并且能够立即回答困扰我的关于连贯与过渡的问题。她甚至还携带着为那件“大衣之王”准备的各种布料的样本：金丝锦缎、丝绸和花缎。

“我要给你讲讲那件大衣的事情。事情是这样的，我将那个我一直在考虑的东西称为伟大的理念。而那件大衣应当将这一理念实际化。

“我先做了一个袖子。这时马上就出现问题了，我必须将我想要的固定的拱形形式强加在那种柔软的、无法固定的材料上。我决定，用厚厚的羊毛做那些料子的底衬。

“袖子做好了。在我眼中，它是那么珍贵、那么漂亮，以至于我不得不承认，我不会再有同样的气力去制作大衣的其他部分了。

“我思索着我的伟大理念；我思索着大自然中那些关于紧张与突然松弛的时刻；就如同从一个极端走向另一极端。

“每天我都会望着那件刚刚开始缝制的大衣，一望就是一两个钟头；我将那些已完成的部分与我的伟大理念相比较，并且考虑着后续的事情。

“大衣的上半部分已经完成了。但在下半部分那里，我失去了必要的关联性。我缝好的那些部分明显与上半部分缺乏联系。那些细细的、结实的布料被缝合在一起，非常沉重，这也给我的工作制造了不小的麻烦。每次在缝纫机旁时，我都不得不把那些布料举得老高，脑子里总是要不停地提醒自己，千万不要让任何东西滑下来。

“我将业已完成的各个部分摆在我的面前，它们彼此之间都不搭配。我在等待着突然找到灵感的那一刻。

“在查看与不停尝试的同时，我感觉自己的身体变得很虚弱，已经无法胜任工作。于是我禁止自己再去想那个伟大的理念。

“在图片与建筑图纸上，我看到了中国式的斗拱结构，它们令我很激动。减轻重量负荷的问题可以通过正确合适的过渡方式来解决。我意识到，原来到处都存在着一个中间领域。

“后来有一天，我没有再多做考虑，径直将各个部分缝在一起，并且在某一点上为裙子设计了一个向内的拱形曲线结构。我为自己的自信而感到兴奋不已。

“我把大衣挂在墙上。每天我都会审视它，然后开始重视它。它比我其他所有的衣服都要好，而它并不完美。

“在制作一件女装的时候，每一种已经用过的形式都要保留在记忆中，以方便下一步的工作。不过我不需要将它们在脑海中再现出来，我必须马上亲眼见到那个最终的有所延续的颜色。在每一种情况下都只会有一种颜色，而形式则决定了整体的颜色，同时它也必须要解决颜色之间如何过渡的问题。

“在我看来，过渡的部分必须既能够清楚地区分彼此，又能够做到彼此交融。”

大森林

在维也纳艺术历史博物馆里，挂着一幅雅各布·范·鲁伊斯达尔[1]的油画，题目叫《大森林》。上面画的是一片广袤的阔叶林和里面粗壮的橡树树干；还有画家一再使用的桦树身上那种引人注目的白色。而另一件画家惯常描绘的对象就是在画的前景部分出现的一汪幽暗反光的水。在这里，画家展现的是一处很浅的浅滩，水下的手推车的车辙痕迹清晰可辨。过了浅滩之后，那条黄沙铺就的手推车路掉头向左，一直延伸进了森林内部。这幅画的名字很有可能来自于画本身的尺寸。因为画上的森林并不大；森林的后面则是一片空旷的平地。人们在森林旁边和平地栖居：前面是一个漫游者，他戴着帽子，拿着拐杖，坐在路边，身旁放着行李；后面则是一男一女，两人正从路的转弯处

---

[1] 雅各布·范·鲁伊斯达尔（Jakob van Ruisdael，1628/29—1682）：17 世纪荷兰最为著名的风景画家之一。

走过来，他们穿着轻便的衣服，带着一把伞（天上是白里透灰的云层）。不过，也许这幅画的确是某一个“大森林”的局部；也许画的立足点不是在外部，而是已经在森林内部了，而目光也正从身后森林的深处返回到原来的方向上，这在一个漫游者而言是非常自然的事情。而那种辽远开阔的感觉则因为 17 世纪荷兰风景画的一个特点而得到加强：尽管那些画的尺寸很小，但是在观赏的时候，它们会连同里面那些宽阔的水面，沙丘小路以及落叶堆（在一片内容丰富的天空下）开始慢慢生长。你可以清楚地感觉到，那些高高耸立的树木在生长，伴随它们生长的还有一片安静的晨光。甚至那两个驻马不前的骑士：他们也在站立和生长。

在萨尔茨堡的附近也有这样一片森林：它既不是今天的那种城市森林，也不是什么万木之林；但是它真实得让人惊叹。森林的东侧有一个村庄名叫莫茨格，这片森林与村庄同名。通向那里的道路开始于修士山（Mönchsberg）与要塞山（Festungsberg）之间的一处类似于隘口的洼地，人们称之为“隘口门”（“Schartentor”）。它在萨尔茨堡内城与南面的平原之间构成了一个准岔路口。平原上村落绵延，一直延伸到温特斯山的山脚下。在隘口门拱那里就已经可以看到森林了：森林里长满了高大的树木，它们由东向西似乎贯穿了整个平原，直至海尔布隆区的那座有两个高耸主峰的山丘前。从城区的角度看过去，在走路不到一个小时的远处，就已经可以望见森林处在一种淡淡的蓝色中，仿佛有个类似河流的东西在中间流过（确实有萨尔察赫河向东流过）。我们的道路途经某处城市草坪，那上面，水泥铺就的小径纵横交错，脚步声此起彼伏，草坪的中央那座孤零零的房子是从前的“农田守卫者之屋”，到了晚上的时候，某扇窗子里面就会有极其微弱的光线透出来，同时还有一支无声的歌曲从里面飘扬出来。经过草坪后又穿过了一条迂回旁道，连续经过了三个有着新的停车标志的红绿灯后，就来到了一个很安静的区域（图莫格城区），在这片区域上再也看不到任何城市气息的东西，一路走来，再也没有什么橱窗来转移你的视线。路旁是一条向相反方向流去的小溪，那原本是某条运河的支流，有时那溪水会焕发出不断膨胀的光芒，让人想起某些不确定的东西。这里的树大多是桦树，质朴如画，就仿佛置身于东欧一样。低矮的树则是灯红色的柳树，在阳光的映衬下，就像是无数支烛台混杂在一起。

突然，这条经过平原延伸到这里的道路略微向上爬坡——以至于骑车的人不得不从鞍座上站起来蹬骑一小会儿——然后，道路又来到了一个新的平地上继续向前伸展。

这几米的落差就已经造就了一个高地。这里的草地不再是城市的草坪，而是一片空旷的田地，上面只有一家孤独的农舍。这时你可以明显地感觉到一阵从远处高高耸立的温特斯山吹来的下行风（假如在回来的路上，在海拔较低的地方一直都没有风的话，到了这里之后你就会感受到更为强烈与更为突然的暖气流）。在离山脚下的沼泽地不远的上空，经常有轻纱般的雾气升腾。而当这薄雾转成浓雾时，人们就会看到许多如鲜花般绽放的树冠。实际上，这前部的草地就有一部分是沼泽土：田鼠挖出的土丘是黑色的（里面夹杂着白色的小石子）；农舍的母鸡在这里嚓啦嚓啦地刨地，颈部浓毛经常被风吹得竖起。另外一条小的运河从路下方的水泥管道中横穿而过，路面上有一大块石灰岩，就像横在路上的一座桥梁，路从那块岩石上面穿过，一直通向下一个人类的聚集地。

那个聚集地有一个很特别的地方，那就是那两株被风刮得已经倾斜的巨大松树，位置就在入口——不过不是在路边，而是在沥青马路的正中间，就像是孤岛上的植物，它们算是街尾那排经常处于强烈的阳光反射中的松树的前奏。透过许多房子的窗户，你就已经可以看到后方一片空旷的土地了：这个地方唯一一个具有城市气息的地方就是它的名字里有“胡同”这两个字。但是，这个地方也没有任何乡村气息。两排房屋似乎要一直延伸进那片荒地。房子都很低矮，颜色各异，主要都是木结构建筑，几乎所有的房子上都爬满了浮雕一样的葡萄藤。这个“陶克斯胡同”又长又直，房子的花园里有黑色的苔原土，而在每家每户都经常会听到不同语言的声音，这一切都让人想起了某一条“北方的先锋大街”。不过，在那条先锋大街上，经常会看到被拴在木桩上的狗在哀鸣与嘶号。而在这里，却只有许多猫静悄悄地在两排房屋间穿行。

胡同的尽头就是那排松树，它们形成了某个公墓的入口。公墓前面的饭馆里偶尔会有醉汉被推了出来，他们还会在门口顽固地唱着歌，然后突然停止，踉跄而去。公墓很大，有好几条平行的道路都从墓地穿过，然后一直通向南方。公墓里最突出的就是某个被钉在十字架上的人的雕像，但是——这在油画上是从未出现过的——先看到的却是它的侧面。每一条路都是一条长长的林荫大道，在远处出口的拱门那里，那是莫茨格森林的前沿在闪烁着绿色的光芒。有的时候，这里也会有缓缓行进的送葬队伍，在钟声的不断敲击中，走在棺材后面的陌生人也会在某个瞬间变成了亲属。

莫茨格森林的前沿是路上遇到的第三块草地：它既不是城市草坪，也不是农业用地，而是一片空旷的草地，上面几乎没有一棵树，它不由让人想起了一个刚刚变成陆地的湖泊；风很大，在经历了公墓里柔和的空气之后，这里的风经常伴随着冬天的寒冷。草地的一部分被用作运动场，一个偶尔经过的路人有时会被叫住去充当裁判；孩子在这里比在其他地方都更不认生，大人经常会被他们卷入有关天气的对话中，这类对话的开头通常都是："今天很冷，是吧？"在某个地点，可以看到一排长长的牧马场的木栅栏，在有雾的天气里，放眼望去，目光就好像从日本式的移门中间穿过一样。一座从前的农舍孤零零地伫立在那里，里面的一切都保持原样，很多东西甚至还可以像从前那样使用，例如水井，水槽，和石质长椅，还有一个巨大的圆锥形柴火堆——但是，它却再也无法证明一处庭院的存在了。直到此处，我才又看到了森林：近乎棕色（在暮色中呈蓝墨色），差不多占据了整个地平线；但同时它又是狭长的：至少在某一个地方，人们甚至可以看到森林对面的光线。森林的右边，高耸入云的那是温特斯山尖那金字塔般的石灰岩躯体。森林的左边，远远地可以望见一处礁石山，山上布满了规则的沟槽，在阳光的映照下，就像一只巨大的扇贝。脚下的路正巧通向森林；这片草地实际上已经属于森林的范畴，算是森林中的巨大空地。

森林开始的标志（除了那些猎人用的高台之外）就是

那些欧洲榛子树，还有树上那些即使最细小的风也会使之轻轻摆动的柔荑花序。花序在空中舞动出平行紧密的轻柔线条，仿佛雨落在图表上。而整座森林则是幽暗的云杉林，内部紧密有序，每个单独的部分——从而也包括整体——都将开始转动起来。

踏入森林这个动作就发生在那条宽阔笔直的路上，人仿佛从一个真正的大门下穿过。一种无欲而致远的宁静给人一种跨越门槛的感觉。到了森林里面你会发现，从外面看来，森林像是处在一个平原上，但它实际上内部却掩藏着一个向东延伸的小山丘的山脊（只有在下过雪后，人们才能从森林前沿的草地那边看出这是一个山丘，因为那时的山坡会被照得通彻透亮）。萨尔茨堡的居民都很熟悉森林后面那座海尔布隆山丘。山脚下有公园和城堡，是一处郊游胜地。但是很少有人知道它前面还有一个莫茨格森林，而更鲜为人知的是，这座森林有一部分坐落在一个山脊之上。里面只有专用通道和一些不平整的小路在林间穿过，所以很少有人在这里散步；最多只有某个跑步者的喘息声，跑步者的脸孔犹如一个双重面具，每跑一步，就会发生从死寂到鲜活的飞跃。在一处大弹坑里面有一个木头隔板，木板上有一个人脸大小的洞，仿佛被啮齿类动物咬过的一样，它让人想起了另一张面具：乍一看，只是一个木头隔板，从近处观察原来是一个标靶；而它前面那个远看像是长椅的东西原来是靶台。从山的形成历史来说，这座山丘与海尔布隆那座开发已久的山崖是相近的：它们都是在某个间冰期由大量的鹅卵石构造而成，当时融化的冰川水将鹅卵石沉积在一个与加尔达湖[1]一般大小的湖里，然后富含石灰质的湖水又逐渐将它们浇铸成今天的样子。当然，这座森林里的山丘要比海尔布隆那座（大概有四层楼那么高）低矮很多，而且它的长度大致只相当于一个中等长度的街道。在地形图上面，它就好像构筑在萨尔茨堡城市南面的防御工事，坡度一开始非常平缓，但是过了山顶（那里甚至有很多小型的悬崖）之后就会突然变得陡峭起来。

从路这边望去，首先映入眼帘的是西面的山脚。在一片云杉树丛里，它就像一个彩色的杂质，因为那里是一块明亮的区域，像是一个公园，里面有许多金合欢树、桤木和欧洲鹅耳枥。树木间到处都有通向山顶的道路。那里唯一的针叶树种则是落叶松，下面生长着一种密集而且柔软的草。紧挨着这一小片阔叶林的是一棵欧洲山毛榉，仿佛那棵“初始之树”；在它那些如峭壁般倾斜的树根里，嵌着一块古老的界石，为树的结疤所包围，几乎为蔓草所淹没。

---

[1] 加尔达湖（Gardasee）：意大利最大的湖泊，位于伦巴底与威尼斯之间，面积约 368 平方公里。

就在它后面，紧靠界石的基座，是一个水坑，就隐藏在一层落叶之下——乍一看仿佛是一摊偶然形成的雨水；水坑里面是清澈的水，水泛着几乎难以令人觉察的涟漪，自深处的地层里涌出，流动在灰黑的树叶间，水是可以喝的（算得上紧急情况下的秘密储备）。在前往这里的路上，就有一些很值得注意的东西，就是草下面那些圆滚滚的石子，很规整，石子间排列得也很紧密，就像是人工铺成的石头路面。石子五颜六色，而地衣青苔将每个石子的表面都腐蚀成了一个清楚的象形文字，每个石子都迥然相异，仿佛传承自世界各个不同的地域。一处钟形的红色石头小规模地再现了世界上最大的整体岩石，澳大利亚的艾尔斯红色巨石（Ayers Rock）；而在另外一块石头上面则记载着一部印第安人的狩猎小说。在暮色中，当对面的森林消失不见时，这些石头看上去就好像密码，发散出仿佛罗马人修建的栈道一般的光芒，朦胧中透出白色，一直通向森林内部。

在通向山顶的途中，那些类似人工路面的石子逐渐消失不见了，而罗马人修建的栈道也变成了布满手推车痕迹的山隘狭路。玩耍的孩子在这里弄了很多黏土球（已经变干了），在呼出的水汽作用下，它们又重新焕发出新雨的味道。向上望去，经常会看到一只孤单的鸟儿落在一棵落叶松上，无论它的体形多么微小，在这种树木的枝叶映衬下，它都会显现出特别粗壮的轮廓。那些赭色树干的迎风面呈东西走向，在暴风雪过后，它们仍会保持很长时间的白色，仿佛它们都是白桦树。而在下雨的时候，再没有比那些如象腿般粗大的山毛榉树干更显黑色的东西了。

在那条山隘狭路上，每个季节都会有秋天的叶子飘落，路的尽头是一堆木头。在它的后面，则是一片黑洞洞的灌木丛——当然，这里也是这片小树林里唯一的地点，能够表现出类似于深度的东西。这片幽深的掩体引诱着人去一探究竟；但是没有一个孩子胆敢挤进这片密不透风的灌木丛里。而且有许多桤木非常突兀地挺立在那里。这里没有长满枝条的树木，有的只是彼此交错的光秃秃的树干（它们在遭遇风暴的时候并不会被连根拔起，而是会被拦腰折断）：它们与那些疯长的藤本植物一同在那些低矮树丛前构筑了一道藩篱。

那些在记忆中代表着整座森林的树叶就这样纠缠在这片交织的网络中。它们是被风卷堆在一起的山毛榉叶子，明亮，呈现椭圆形。而在每片树叶上，都有从中央向边缘扩散的纹路，这些纹路让叶子的椭圆形状得到加强；颜色是均匀的**亮棕色**。有那么一瞬间，那些叶子仿佛是挂在灌木间的纸牌——它们随之覆盖了整个森林的地面，在最微弱的气息中闪烁和抖动，似乎是一场熟悉的游戏的重演，发散出唯一的亮棕色光芒。

在不到一掷之遥的地方，在那些相对于树种而言非常宽阔的云杉林带的缝隙间，那个陡峭的山脊已经隐约可见。这山脊马上就显现出某种“经过剧烈争夺的样子”。上空飞过的鸟群的大合唱在这里听起来就好像是礼炮的鸣响。与之合鸣还有一块石头——这里的土地大部分都是沼泽——在寂静中任意地落在其他石头上发出的尖锐声响。在树木间，有白色云朵如鬼火般闪动，就像是狍鹿的影子。每看一眼，周围都会有它更多的同类加入。（它们都属于那个纸牌游戏。）或者，在那些树干后面，会有玩耍孩童的脸孔出现，那些脸孔很奇特地与他们的身体相分离，就像是那些古老油画上圣徒的容颜。在那片经常被人用阴森恐怖来形容的云杉林里，即使在刮风下雨的时候，树冠下面都是安静且干爽的，而且明显要比森林外面的空地里暖和很多（当额头靠在一棵树干的时候，心跳会更加强烈有力）。落在地上的云杉松果开始随着时间的推移而焕发出亮棕色的光线。

在山丘顶上，既没有环顾到四周的景色，也没有看到观景用的长椅。不过许多树桩提供了休息用的座位，还可以把腿跷在岩石上。北面的城市（“在将近午夜的时候”）已经看不见了。在迫近“正午”时，只能隐约看到下面有一大片无人居住的草地。那座小山崖的颜色和蚁丘一样是淡灰色，而且很明显与刚刚穿过的公墓里的墓碑的石料完全相同。山崖随后立即转变成了南面的陡坡，坡上到处有石块挂在树间，仿佛经历过岩崩；而满眼的桦树的白色乍看之下好像是来自于一场暴风雪。下面空旷的田地上的绿色渐渐变暖变深，一直朝着城市那边延伸过去。在它的斜对角有一条路，曾有个孩子在路上从后面奔向一个男人，跳到他的背上，然后被背走了。还有一次，在昏暗之中，一位真正的骑士与他的马一同紧密结合成一个巨大的形象。下面行人的方言从远处听起来就像是所有的语言合而为一。

在山顶上，几乎只有村里的孩子经过。他们穿着各式各样的衣服，他们就是这森林里的鲜艳色彩。森林就是他们的大游乐场，而且他们可以告诉你很多关于森林的东西。例如“你们熟悉这片森林吗”这样的问题——他们会回答：“太熟悉了。”即使森林里很寂静，没有什么人，但是山丘上总是有他们的身影。每到雷雨来临，第一声雷响的时候，森林里，树木间到处都是奔跑的身影，他们要回家。

山脊上的那条笔直的路显现着淡灰的色彩，一直向东延伸，它偶尔会让人想起一条军用公路。起风的时候，生长在这里的那些光秃秃的树干总会相互摩擦出刺耳的生硬，或者发出沉闷的摩尔斯电码。树皮上那些流淌松脂的地方难道就是弹孔吗？某一棵山毛榉的枝条被雷电打掉了，光秃秃的树干上展现出三面发亮的彩旗：断裂处呈白色，背风的南面呈蓝灰色，而迎风面则是铁锈色（在雨中呈黑色）。草地里的白色花朵仿佛兽牙。而且真的有一条狗，也许是从灌木丛那边转弯跑过来的，它的腿是弯的，舌头在身前像鞭子一样甩来甩去，并且从后面悄无声息地嗅着人的腘窝。路边那些用尖棱的泥砾岩修建的东西依然是古老的岩洞墓穴。不过，里面是空的。亮棕色的山毛榉叶子被风刮了进去，并带着它们自身的平行线条与椭圆形状一起发散出一种无限的宁静。

然后就到了陡坡上。那里是森林里唯一的常流泉的发源地（今天只有手指一般粗细，明天会像手臂一样粗）。泉水甚至在山下形成了一个小型山谷，里面是经典的三级梯地。在山丘的东面山脚，那里有期待已久的山洞，但是已经被一道铁门封锁了。滴答的水声从里面传出；中间弥漫着许多颤音，好像是有人轻轻敲打着鼓上的皮。孩子们知道很多关于这个洞的东西：他们“经常”在洞里面玩，没有蝙蝠出现；里面似乎在种蘑菇。

山势逐渐平缓，在森林平坦的边缘地带，已经可以看到远处村庄的房子。在这里还有那期待已久的池塘。山泉最终流进这里，而山路也通向这里，宽阔的林间通道看上去仿佛一条林荫大道。一直到乍暖还寒的时候，池塘都会是一个灰白色冰晶体。在前往那里的路上，有意识地放慢了脚步，足底是沼泽地带常见的木板路。这段路的剩余部分是另一段不确定的回忆。在云杉丛中还有大量的接骨木矮树丛，在高大的针叶树下面格外显眼。还是早春时节，那些枝条上就已经长出了浓绿的叶子，叶子的尖端往往呈淡绿色。在这个靠近村庄的地方，还有唯一的一个鸟类聚集地。它们那千奇百怪的声音将整座森林都变成了音乐厅。有些像休止符；一声拉长的鸣叫好像是美国西部牛仔大赛上牛仔甩出的套索。歌唱也随着季节而变换，仿佛是某个缓慢转动的星空。暮色中，在那曾经明亮丰富的接骨木树丛里，仿佛有一缕微光从地面冉冉升起。最后一批孩子光着脚从旁边经过。边上某个云杉树的枝条让人想起了棕榈树的叶子。

圆圆的池塘里没有冰，只有水在里面旋转，速度慢得几乎令人难以觉察。水里面鱼很多，而水面上漂着一些类似火山凝灰岩的东西，那是泡沫塑料。池塘的边缘有一个用木门做的筏子，从森林前沿刮来的暴风，让它不停摇晃，仿佛漂浮在海浪之上。傍晚一场小雨，细小的水滴是对额头的福利。

位于森林与村庄之间的过渡地带，道路上的石头又重新闪烁着罗马栈道的光芒，又是一个柴火堆，上面罩着一层塑料布。在一片幽暗苍茫的背景前，方形的柴火堆与被锯下来的圆木是唯一的亮点。人们站在它面前，打量着它，直到只剩下色彩：形式随之而来。它们是指向观察者的道路，具体针对的却是另外的方向。呼气。在某个观察的瞬间，最沉醉也最关注的时刻，木头之间的间隙暗了下来，然后柴火堆的内部开始旋转。一开始，它好似一块被切成很多片的孔雀石；然后，色盲测试板上的数字出现了。然后，黑夜出现在它的上面，然后就是白昼。渐渐地，又出现了单细胞生物的颤抖；一个未知的太阳系；巴比伦的一面石墙。它变成了包罗万象的飞行，喷射流非常集中；最后，在某个绝无仅有的光芒中，整座柴火堆上纵横的色彩揭示出第一个人类的足迹。

然后就是吸气，离开森林。回到如今的人们那里；回到城市；回到广场与桥梁；回到码头与通道；回到体育场与新闻；回到钟楼与商店；回到金光闪闪与裙袂褶裥。家中是否还有一双眼睛在等待呢？

（1980年）

文
景

Horizon

社 科 新 知　文 艺 新 潮

缓慢的归乡

[奥地利] 彼得·汉德克 著
韩瑞祥 主编　周新建　梁锡江 译

出 品 人：姚映然
责任编辑：陈欢欢
封扉设计：园　里

出　　品：北京世纪文景文化传播有限责任公司
（北京朝阳区东土城路8号林达大厦A座4A　100013）
出版发行：上海人民出版社
印　　刷：山东临沂新华印刷物流集团有限责任公司
制　　版：北京大观世纪文化传媒有限公司

开 本：850mm × 1168mm　1 / 32
印 张：9.25　字 数：140,000　插 页：2
2015年2月第1版　2019年11月第3次印刷
定 价：45.00元
ISBN：978-7-208-12572-8 / I·1310

图书在版编目（CIP）数据

缓慢的归乡 /（奥）汉德克（Handke, P.）著；周新建，梁锡江译. —上海：上海人民出版社，2014
ISBN 978-7-208-12572-8

Ⅰ. ①缓… Ⅱ. ①汉… ②周… ③梁… Ⅲ. ①中篇小说-小说集-奥地利-现代 Ⅳ. ①I521.45

中国版本图书馆CIP数据核字（2014）第225312号

本书出版得到奥地利教育、艺术和文化部所提供之翻译资助
Die Übersetzung wurde gefördert mit Mitteln des Bundesministeriums
für Unterricht, Kunst und Kultur